巡視臺灣朝議大夫户科給事中紀録三次六十七　同脩
命巡視臺灣朝議大夫掌河南道監察御史加一級紀録三次范　咸
分巡臺灣道兼提督學政覺羅四明
臺　灣　府　知　府余文儀　續脩

藝文一　奏疏

司馬子長游歷天下名山大川故作史記奇逸之氣流溢行間其所觀者大也山水之於臺灣止矣當其一葦南來煙波萬狀三十六島隱躍舟前九十九峰森羞目下殆逃焉不知身之在於何處也及其盪我心胸發言為論雲興霞蔚波湧濤翻固其宜矣若夫對景以抒懷因物以寓志雖技窮藻而言關治體烏可盡闕以令島洋減色哉志

奏疏

陳海上情形疏　靖海侯　施　琅　晉江人

鄭成功倡亂二十餘年恃海島為巢蔓延鴟張荼毒生靈故當時不得不從權折地絕其進取之路斷而
皇上廣開德意招徠撫綏以散其黨成功疑懼乃遁踞臺灣以為兎窟康熙元年間兵部郎中黨古里至閩臣備將逆島可取之勢面乞代奏復上疏密陳稍掌
兪旨仰藉天威數島可一鼓而平逆孽鄭經逃竄負嵎恃固去歲

朝廷遣官前往招撫未見實意歸誠從來順撫逆勦大賜
國體豈容頑抗而止伏思天下一統胡爲一鄭經殘孽盤
踞絕島而折五省邊海地方畫爲界外以避其患況東南
膏腴田園及所產魚鹽最爲財賦之藪可資中國之潤不
可以西北長城塞外風土爲比倘不討下臺灣匪特賦稅
缺減民困日蹙即防邊若永爲定制錢糧動費加倍輸外
省有限之餉年年協濟兵食何所底止又使邊防持久萬
一有懼罪弃兵及目死窮民以爲逃逋之窟遺害叵測似
非長久之計且鄭成功之子有十遲之數年並皆長成假
有一二機覺才能收拾黨類結連外島聯絡土番羽翼復
張終爲後患我邊海各省水師雖有設備以臣觀之亦
僅能自守若使之出海征勦擇其精銳習熟將卒實亦無
幾況從此精銳者老習熟者疎何可長恃臣蒙
皇上逾格擢用荷恩深重分應滅賊以盡厥職每細詢各
投誠之人及陣獲一二賊夥備悉賊中情形審度可破之
勢故敢具疏密將臺灣勦撫機宜爲我
皇上陳之査自故明時原住澎湖百姓有五六千人原住
臺灣者有二三萬俱係耕漁爲生至順治十八年鄭成功
挈去水陸僞官兵并眷口共計三萬有奇爲伍操戈者不
滿二萬又康熙三年間鄭經復挈去僞官兵并眷口約有
六七千爲伍操戈者不過四千此數年彼處不服水土病
故及傷亡者五六千歷年渡海窺伺被我水師擒殺亦有

數千相繼投誠者計有數百今雖稱三十餘鎮並係新拔俱非夙練之才或轄五六百兵或轄二三百兵不等計賊兵不滿二萬之衆船隻大小不及二百號散在南北二路墾耕而食上下相去千有餘里鄭經承父餘業智勇不足戰爭匪長其各僞鎮亦皆碌碌之流又且不相聯屬賊衆耕鑿自給失於操練終屬參差不齊而中無家口者十有五六豈甘作一世鰥獨寧無故土之思但賊多係閩地之人其間縱使有心投誠者既無陸路可通又乏舟楫可渡故不得不相依爲命鄭經得馭數萬之衆非有威德制服實賴汪洋大海爲之禁錮如專一意差官往招則操縱之權在乎鄭經一人恐無率衆歸誠之日若用大師壓境則

去就之機在乎賊衆鄭經安能自主是爲因剿寓撫之法大師進勦先取澎湖以扼其吭則形勢可見聲息可通其利在我仍先遣幹員往宣
朝廷德意若鄭經勢窮向化可收全績倘頑梗不悔俟風信調順即率舟師聯艅直抵臺灣拋泊港口以牽制之發輕快船隻一往南路打鼓港口一往北路蚊港海翁窟港口或用招誘或圖襲取使其首尾不得相顧自相疑惑疑則其中有變賊若分則力薄合則勢蹙於以用正用奇相機調度登岸次第攻擊臣知己知彼料敵頗審率節制之師賈勇用命可取萬全之勝倘賊踞城固守則先清勦其村落黨羽撫輯其各社土番狹隘孤城僅容二千餘衆用

得勝之兵而攻無援之城使不即破將有垓下之變賊可計日而平矣夫興師所慮募兵措餉今沿邊防守經制及駐劄投誠閒曠官兵皆爲臺灣而設聽臣會同督提諸臣挑選習熟精銳用充征旅無事徵募動費之煩此等兵餉征亦用守亦用與其束手坐食於本汛孰若簡練東征於行間至脩整船隻就於應給大脩銀兩領收可無額外動支船未足用則浙粵二省水師亦爲防海設立均可選用仍行該省督提選配官兵各舉總兵一員領駕協勦每船用慣熟澎湖臺灣港路梔梢數人即於福建投誠官兵內挑選分配不足則將投誠兵汰其老弱別募熟於海道之人補額因此見在額給糧餉不須分外加增無煩夫役輓

輸安配定妥以候風期毋論時日風信可渡立即長驅利便之舉誠莫過於此者但水路行兵出海水深利用大船進港水淺利用小哨今宜新造小快哨一百隻以爲載兵進港及差撥哨探之用又當新造小八槳二百隻每大船各配一隻到臺灣臨敵登岸之時可以盤載官兵蜂擁而上其小快哨每隻新造只用價銀四十兩小八槳每隻新造只用價銀一十五兩二項共該用銀七千兩爲費不多若臺灣一平則邊疆寧靖防兵可減百姓得享昇平
國家獲增餉稅沿邊文武將吏得安心供職可無意外罣累一時之勞萬世之逸也

密陳航海進勦機宜疏　　施琅

臣荷
皇上特恩起用以臣深知水性賊情專畀進勦海逆之責受事以來練兵整船靡敢刻懈然用兵之法不得不熟審詳愼古者行兵多用奇計聲東擊西兵不厭詐非可直道而行去冬具疏請以今年三四月微北風進兵葢爲鄭逆奸細頗多使賊知我舟師必用北風而進然後出其不意而收之臣在在密用間諜亂其黨羽自相猜忌自去年逆艘糾集澎湖欲抗我師據險以逸待勞設我舟師到彼必由澎湖西嶼頭然後轉帆向東北而進正值春夏之交東北風爲多我船盡是頂風頂流斷難逆進賊已先站立外塹內塹接連娘媽宮俱居我上風上流其勢難以衝擊取

勝故不可不慮及此也所以前議微北風之候猶恐未能萬全且水道行兵專賴風信潮水非比陸路任意馳驅可以計定進止臣日夜撫心熟籌莫如就夏至南風成信連旬盛發從銅山開駕順風平浪船得聯䑸齊行兵無暈眩之患逆賊縱有狡謀斯時反居下風下流賊進不得戰退不能守澎湖一得更知賊勢虛實直取臺灣便可克奏膚功倘逆孽退守臺灣死據要口我師暫屯澎湖扼其吭拊其背逼近巢穴使其不戰自潰內謀自應不然俟至十月乘小陽春時候大舉進勦立見蕩平此乃料敵制勝所當詳細一一披陳者也然臣切有請者督臣姚啟聖調兵制器獎勵士卒精斂整暇咄嗟立辦捐造船隻無所不備矢

志滅賊國爾忘身堅圖報稱非臣所能力止惟是生長北方雖有經緯之才汪洋巨浪之中恐非所長矧撫臣吳興祚見在陛任即有新撫臣初到視事恐未識閩疆情形臣之鰓鰓謂督臣宜駐廈門居中節制別有調遣臣得尚統前進行間將士知有督臣後趲糧運策應則糧無匱乏之患兵有爭先之勇壯志勝於數萬甲兵今若與臣偕行征糧何以催趲封疆何所仰賴安內攘外非督臣斷難彈壓緩急臣故密疏入告使督臣聞知必以臣阻其滿腔忠藎仰冀

皇上密行温諭督臣免其躬親偕行臣同督臣操練水陸精鋭官兵充足三萬分配戰艦儘可破賊但臣僅掌有水師提督印信未奉有征勦臺灣之

勅諭伏望迅賜頒發以副轉戰師期俾得申嚴號令用以節制調度所有督臣題定功罪賞格賜臣循例而行則大小將士咸皆凛遵至於師中參酌見有同安總兵官臣吳英智勇兼優竭忠自許可以為臣之副尤望恩加獎勵又有興化總兵官臣林承金門總兵官臣陳龍平陽總兵官臣朱天貴海壇總兵官臣林賢留閩候補總兵官臣陳昌江東副將臣詹六奇隨征左都督臣李日煋等俱堪衝風破浪勇敢克敵共勦搗巢藉我

皇上天威丕著醜類遊魂何難殄殲航勦滅賊關係臣之一身承當責任何等綦重以故凡賊之形勢風之順逆事

之區畫亟當十分詳審以圖萬全況出汪洋大海之外非
敵輕舉妄動苟且從事致負眷顧之隆臣當會商將軍合
詞具題而將軍海務情形非所諳曉又恐奸細窺探洩漏
定以自將戰略師期密疏上聞

請決計進勦疏　　施　琅

鄭逆抗拒顏行深費
皇上宵旰南顧之憂臣茲復荷
聖恩起用非重臣以水師提督之任實用臣進平臺灣之
逆患兼而奉
天語溫諭勦滅臺灣以免生靈塗炭銜
命以來星程疾趨卽於去歲十月初六日抵廈門視事點
驗船兵全無頭緒焉敢妄舉進勦時欲具疏入告恐傷寅
恭和衷故日以繼夜廢忘寢食一面整船一面練兵兼製
造器械躬親挑選整搠至今年四月終方稱船堅兵練事
事全備移請寧海將軍臣喇哈達侍郎臣吳努春到廈門
看閱此時將士人人思奮臣卽於五月初五日會同督臣
姚啓聖統率舟師開駕至銅山以俟夏至後南風成信聯
䑸進發苐督臣以五月初一日准部咨進勦海賊關係重
大之
旨隨轉意不前而三軍側聽並盡解體臣自初七日起日
與督臣決計進取力爭十餘日至十六日將軍二臣抵銅
山到臣營所臣面懇將軍轉勸督臣乘南風進勦以成推

梏拉朽之勢奈督臣終執
旨意以督提同心合意爲辭臣故不便違抗姑聽督臣主疏展期實非臣之本意此二將軍臣親到銅山所目擊而共悉臣衷也本月初九日承准兵部劄付內開寧海將軍喇哈達等疏稱總督提督稱南風不如北風臣深爲駭異切思臣當日在銅山與將軍二臣並無言及南風不如北風之語日與督臣爭執南風進勦不惟三軍皆悉其情即通省士庶亦皆共曉且督臣日遣各總兵勸臣權依督臣之議今將軍二臣具疏竟不分晰明白陷臣推托不然若非
皇上寬置不究則臣先後疏章自相矛盾欺誑君父罪當萬死矣夫南風之信風輕浪平將士無暈眩之患且居上風上流勢如破竹豈不一鼓而收全勝臣見督臣堅意難以挽回故聊遣趕繒快船二十三隻令隨征總兵臣董義投誠總兵臣曾成提標署左營遊擊事臣阮欽爲并各鎮營千把等官領駕前往澎湖瞭探賊息據其回稱義等奉令遵於六月初四日午刻從古雷洲開船至初五日未時到澎湖猫嶼時各船未便輕進灣泊花嶼初六日黎明李各船由虎井過獅嶼頭瞭見劉國軒賊艘盡泊於娘媽宮賊見我船大船竪起頭帆小船盡起大帆賊遂出趕繒二十餘隻艍出西嶼頭又有八單賊船十餘隻由南面而來我船恐衆寡不敵本日未時傳炮收回各船於初七日到

大境初八日到厦門港歸汛等情據此則此行遣發巡哨船隻來去無阻見有明據矣乃坐塘筆帖式譚木哈圖具題大兵水面度日逆賊鏡望空隙之疏殊非真知灼見臣全不解其故以臣生長濱海總角從戎風波險阻素所經歷且詢

簡命前任水師提督閱歷至今豈有海面形勢風信水性猶不暢熟胸中而筆帖式乃更勝於臣乎蓋賊中情形臣屢得舊時部曲密信稱臺灣人心惶惑兼以劉國軒恃威妄殺稍有嫌疑全家屠戮人人芒刺在背間有心欲向義奈隔絕汪洋難以朝呼夕應未敢輕舉此端便是可破可剿之機又此六月二十八日據守山兵丁遞送澎湖長髮賊柳勝林斗二人赴臣軍前投誠詢據柳勝等供稱原坐杉板頭船過來投誠澎湖新舊熕船鳥船趕繒雙帆艍各船有一百一二十隻劉國軒林陞江欽等賊衆六千餘內有家口舊賊約二千其餘俱係無眷口新附之衆私相偶語提督不嗜殺人俟大軍到便無所歸順有僞肅一鎮下將領謀議候出娘媽宮操船乘勢駕船投誠被其知覺立殺頭目九人因探問我兵船自銅山撤回歸汛彼故調賊二千餘回臺灣耕種今僅留賊四千在澎湖配船防守等語據此則賊中虛實又已得其詳矣且臣更以賊中之情形言之昔之僞鎮營職附脅從皆受鄭成功鄭經父子結恩舊人籠絡相依今劉國軒暴戾操權動輒殺戮以威制

人誰肯甘爲几肉是我舟師未到澎湖權猶在劉國軒一
人之主持我舟師若抵澎湖勢必遍各僞鎮僞卒之變亂
則踞守澎湖逆賊縱有萬餘內多思叛驅萬賊萬心之衆
以抗我精練勇往之師何足比數雖劉國軒輕命死敵於
人心猜忌之際靡不自潰則可勦之機又無加於是
今我
皇上若以俟有可破可勦之機
溫旨下頒則汪洋巨浸之中誰肯效命七尺之軀而殫力
三窟之險勢必藉
旨意爲居奇遷延歲月虛糜浩費所謂築舍道傍三年不
成是賊終無可破可勦之日矣矧夫按兵不動善以撫論

劉國軒沐猴鴟張操縱自如志得意滿斷無輸誠向化之
念其中有僞鎮營賊縱有心歸正而邇來臺灣各港禁錮
嚴密一船不許出港雖有謀叛隱情亦難通報故非聯䑸
進發疾行撲擊安有自甘獻俘坐待賊于竟在何時在督
臣滅賊之念實切惜乎生長北方水性海務非其所長登
舟之際心搖嘔吐所以前疏懇留督臣居中調度蓋爲此
也中有一二視此畏途未免低徊以致督臣疑惑不決臣
雖庸愚料敵頗效前於康熙二年間海逆猖獗
皇上時差兵部郎中黨古里到閩問臣機宜當即決志進
攻廈門時督臣李率泰亦以臣過於擔當然兩島竟爲臣
克平旋於康熙六年十一月爲邊患宜靖逆賊難容等事

具題未奏
俞旨乃使逆孽于甲寅年有燎原之變鄭經雖死留此餘
黨負踞絕島臣丁年六十有二血氣未衰尚堪報稱今不
使臣乘機撲滅再加數年將老無能為後恐更無擔當之
臣敢肩渡海滅賊之任是以臣鰓鰓必滅此朝食惟是臺
灣殘孽未殲故溢設鎮營官兵糜費錢糧貽累民生未甦
況所設水師鎮營原為航海搗巢之用今就中挑選精兵
二萬有奇大小戰船三百號儘堪破賊可以無用陸師徒
相牽制卒難成功若陸師之中間有勇敢效忠熟練海務
能將容臣調選一二以為臂指其勷大舉之需伏思臣累
受

國恩奉召進京即
寵擢內大臣之列豢養十餘載今復謬荷起用寸功未效
又叨更晉宮銜
特賜御膳亘古臣子未有受
君恩如是也即赴湯蹈火臣志所不辭倘荷
皇上信臣愚忠獨任臣以討賊令督撫二臣催趲糧餉接
應俾臣整搠官兵時常在海操演勿限時日風利可行臣
即督發進取出其不意攻其無備何難一鼓而下事若不
效治臣之罪臣樸質武夫一片圖報微誠惟知欽遵
天語煌煌責臣必破臺灣克奏膚功臣以
君命為重故當克盡臣職不禁煩瀆激切瀝陳斷不敢以

浮言飾辭冒昧陳于
君父之前伏乞
皇上睿鑒

飛報澎湖大捷疏　　施琅

臣自去年六月同督臣姚啓聖在銅山停師回汛劉國軒偵知自回臺灣留擬僞鎮營等船兵扼守澎湖不時來往調度今年四五月知臣乘南風決計進勦就臺灣賊夥選撥精壯敢死者及抽調草地佃丁民兵將洋船改爲戰船凡各僞文武等官所有私船盡行脩整弔集來澎湖大小砲船鳥船趕繒船洋船雙帆艍船合計二百餘號賊夥二萬餘衆仍將僞鎮營等官兵各眷口監羈臺灣紅毛赤嵌二城堅其死戰劉國軒親統傾巢之衆復來澎湖將娘媽宮嶼頭上下添築砲城二座風櫃尾砲城一座四角山砲城一座雞籠山砲城一座東西蒔內一列砲臺四座西面內外塹西嶼頭一列砲臺四座牛心灣山頭頂砲臺一座凡沿海之處小船可以登岸者盡行築造短墻安置腰銃環繞二十餘里分遣賊衆死守星羅碁布堅如鐵桶臣總統鎮營舟師將各大小戰船風篷上大書將弁姓名以便備知進退先後分別賞罰于六月十四日辰時由銅山開駕進發十五日申時到猫嶼花嶼有守汛賊哨數十餘隻見臣舟師將到即奔回澎湖時値天晚將船灣泊八罩水垵澳遣官坐小哨到將軍澳南大嶼等島安撫島民十六

日早進攻澎湖逆賊排列船隻迎敵臣標署右營遊擊藍理等官兵配坐鳥船一隻署後營遊擊曾成等官兵配坐鳥船一隻署左營遊擊張勝等官兵配坐鳥船一隻二等侍衛吳啟爵等官兵配坐鳥船一隻同安城守右營遊擊趙邦試等官兵配坐鳥船一隻海壇鎮標中營遊擊許英等官兵配坐鳥船一隻銅山鎮標右營遊擊阮欽爲等官兵配坐鳥船一隻此數船首先衝鋒破敵直入賊䑸攻殺賊砲船二隻趕繒船六隻賊夥斬殺殆盡其船放火燒燬又用砲火攻擊立刻沉壞賊鳥船一隻趕繒船二隻副鋒臣標右營千總鄧高勻配水陸等官兵坐鳥船一隻烽火營遊擊王祚昌勻配水陸等官兵坐鳥船一隻臣標署右

營守備方郃等官兵配坐鳥船一隻金門鎮標中營遊擊許應麟等官兵配坐鳥船一隻金門鎮標右營守備林芳等官兵配坐鳥船一隻臣標隨標功加守備李光琅等官兵配坐鳥船一隻用砲火攻擊打沉賊鳥船一隻趕繒船二隻賊夥溺死殆盡時值南潮正發前鋒數船逼近砲城賊艘齊出合圍臣恐數船深入難出自將坐駕船直衝入賊䑸興化鎮臣吳英繼後夾攻焚殺偽楊威將軍援勦左鎮沈誠統轄前鋒鎮姚朝玉義武鎮陳侃戎旗五鎮陳時雨偽協將弁大小賊目計七十餘員偽水師總督林陞中箭三枝中鹿銃二門左腿被大砲打折立即載回臺灣賊衆焚殺溺死計二千餘衆遂救出數船臣右眼被銃擊傷

眼睛未壞因天色將晚收出西嶼頭洋中抛泊十七日早
將全䑸舟師復收泊八罩水垵灣嚴申軍令查定功罪賞
罰官兵十八日進取虎井桶盤嶼十九日臣坐小趕繒船
往澎湖內外塹港內細觀形勢二十二十一兩日故用老
弱驕兵之計用趕繒雙帆艍船分二股假攻嵵內內外塹
以分賊勢臣于二十二日再申軍令分股進發遣臣標隨
征都督陳蟒魏明副將鄭元堂領趕繒雙帆艍船五十隻
爲一股從東畔嵵內直入雞籠嶼四角山爲奇兵夾攻又
遣臣標隨征總兵董義康玉外委守備洪天錫領趕繒雙
帆艍船五十隻爲一股從西畔內塹直入牛心灣作疑兵
牽制將大鳥船五十六隻居中分爲八股每股七隻各作

三疊臣居中爲一股興化鎮臣吳英領一股居左平陽鎮
臣朱天貴臣標前營遊擊何應元合領一股居右金門鎮
臣陳龍領一股在次左臣標署中營叅將羅士鈊署右營
遊擊藍理署後營遊擊曾成合領一股在次右之右署銅
山鎮臣陳昌領一股在次左之左海壇鎮臣林賢領一股
在末右厦門鎮臣楊嘉瑞領一股在末左尚有船八十餘
隻留爲後援臣督率嚴陣指揮直向娘媽宮撲勦賊各處
砲城及迎敵砲船鳥船趕繒大小各船四百齊出迎敵每
賊砲船安紅衣大銅砲一位重三四千觔在船頭兩邊安
發熕二十餘門不等鹿銃一二百門不等砲火矢石交攻
有如雨點烟焰蔽天咫尺莫辨首衝破敵陷陣乃海壇鎮

臣林賢平陽鎮臣朱天貴前營遊擊何應元海壇鎮標左營遊擊吳輝千總蔡琦鳳海壇鎮標右營守備林正春副鋒臣標前營千總林鵬海壇鎮標右營遊擊江新圍頭營遊擊陳義平海營遊擊鄭桂海壇鎮標中營遊擊許英等其分遣東西二股官兵船隻繼進夾擊互攻自辰至申我師奮不顧身抵死擊殺賊被我師用火桶火礶焚燬大砲船十八隻擊沉大砲船八隻焚燬大鳥船三十六隻趕繒船六十七隻洋船改戰船五隻又被我師火船乘風燒燬鳥船一隻趕繒船二隻逆賊弃力死鬭勢窮難支用火藥藏於船艙發衝心砲自焚砲船九隻鳥船一十三隻賊驚危勢急跳水得獲鳥船二隻趕繒船八隻雙帆艍船二十

五隻焚者焚殺者殺偽征北將軍曾瑞定北將軍王順水師副總督左虎衛江欽統領右先鋒陳諒戎旗二鎮吳潛援勦右鎮鄭仁援勦後鎮陳啟明宣毅左鎮邱輝護衛鎮黃聯後勁鎮劉明折衝左鎮林順斗宿鎮施廷親軍水師三鎮薛衡水師一鎮蕭武水師二鎮陳政水師四鎮陳立中提督中鎮洪邦柱中提督右鎮尤俊中提督後鎮楊文柄中提督親隨一鎮陳士勛左龍驤中協黃國助右龍驤左協莊用侍衛中鎮黃德侍衛右協蔡智侍衛驍翊協蔡添侍衛領旗協林亮侍衛左總轄毛興勇衛中協張顯勇衛左協林德勇衛右協陳士勳勇衛前協曾遂中提督領兵協吳署中提督左協林德中提督前協曾瑞中提督領

旗協吳福中提督前鋒協陳陞中提督總理協陳國俊右武衛右協吳逖右武衛隨征二營梁麟水師二鎮前鋒副將李富水師二鎮左營副將張欽水師三鎮左營副將許端水師三鎮右營副將林耀援勦右鎮右營廖義援勦前鎮前鋒營莊起折衝鎮左營陳勇左提督後鎮左營王受等四十七員其餘僞協營領兵監督翼將正副總班總理監營候缺將小頭目焚殺溺死約計三百餘員焚殺自焚跳水溺死賊衆約計一萬二千有奇屍浮滿海總兵朱天貴被砲穿脇立死遊擊趙邦試亦被砲擊腦立死總兵林賢被箭輕傷左臂總兵吳英被鹿銃輕傷右耳賊止剩有小砲船三隻小鳥船二隻趕繒船十一隻雙帆艍船十五

隻脫出北面吼門遁走訊知劉國軒乘小快船亦從吼門而逃時值黃昏難以追殺在山僞將軍果毅中鎮楊德遊兵鎮陳明果毅後鎮吳祿中提督前鎮黃球璧宿鎮楊章侍衛後鎮顏國祥中提督中協副總兵張顯驍翊營副將湛良佐統領右先鋒領兵副總兵李錫右先鋒營副總兵黃顯右虎衛領兵副總兵江高果毅鎮下左營林新左虎隨征營副將黃豹左虎副將江篇遊兵鎮中營周烈前營副將劉隆果毅後鎮右營副將林好旗鼓中軍嚴澤親隨營正總班阮恢中提督下副將李芳管理大砲副將林武前鎮下隨征副將湯興前鎮下左營副將蔡穆戎旗二鎮右營副將吳陞果毅中鎮正領兵副將曾勝中營副將楊

傑左營副將吳振右營副將陳李隨征營副將黃桂前鋒營副將張佐春參將楊彬偽提督後鎮領兵中軍徐其昌果毅後鎮左營林和左翼將廖冬神威營林敘後鎮左營楊壯璧宿鎮隨征參將洪存光侯鈇親隨營參將王建遊兵鎮親隨標參將鄭泗隨標參將何正前鎮正領班參將林興衝鋒正總班參將黃裳左虎衛正領遊擊林尾副領都司鄭陞璧宿鎮旗鼓正中軍遊擊林朝暉宣毅左鎮左營邱膺果毅中鎮下遊擊王壽吳旋賴淑鄭應一正領遊擊黃壽二正領遊擊林明三正領遊擊林暢陳賢王招四正領遊擊陳勝遊兵鎮中營遊擊陳昶前營遊擊薛標營遊擊施辰果毅後鎮領兵洪陞坐營中軍劉斌翼將楊勝親隨營將徐秋隨征營將曾春遊擊鄭先庚前鎮隨征遊擊顏滑左翼遊擊錢孟喬左副領遊擊方勝右副領遊擊林盛掌標遊擊陳奕小監營遊擊戴耀左副總班都司黃陞右副總班都司黃義侍衛監營林仕領旗營陳寅旗鼓中軍林贊果毅中鎮下都司鄭辛王友順何榮黃桂李陞吳麟管砲都司陳鳳璧宿鎮下正總理侯鈇都司林英楊勸宣令守備林玉監營守備陳和副總班守備林麟副總班守備楊瑞周明黃登中提督下二領林輝明三領梁三老果毅中鎮下守備沈雲隆許福柯偉陳仕陳定鄭興陳鑾林長陳德完蔡興洪祿林鳳林甫陳萬蔣鳳謝吉康順張福王麟曾良陳月陳尾遊兵鎮中營守備李忠前

營守備朱義隨標營守備黃二林彩許五林泰管砲守備林換李受前鎭下守備吳傳胡哲龔耀陳新提督後鎭衛鋒總班陳斌侯鈌親隨營王飛龍正總班曾道與副總班歐興都司高陞陳進果毅後鎭下司總陳貴楊美陳桂總班周虎中提督下司總林愛都司林三侍衛下副領陳祺遊兵鎭下親標營千總胡進黃璉隨征千總李四朱都王雄果毅後鎭下都司楊龍蔡玔監營林龍璧宿鎭下都司劉明許佐總班程雄趙和紅旗官沈冬陳勝果毅後鎭下司總謝里蔡明正總班洪忠柳賜正總理黃二副總理許攀隨征正總班張福紅旗官許兆何煌陳勝董與總司黃貴等共一百六十五員帶賊衆四千八百五十三名倒戈

投降臣仰體
皇上好生之德宥其自新俱已發令薙髮僞鎭營賞以袍帽賊衆給以銀米用彰我
朝廷不嗜殺鴻恩以策後效是役也逆賊盤踞海島四十餘載荼毒生靈蹂躪版圖致廑
皇上宵旰之憂臣體
聖衷誓必滅此浮盡故雖帶傷負創賈勇撲勦舟師自十四日深入汪洋巨浸之中水天相連稽古以來六月時序澎湖無五月和風怒濤山高變幻莫測今抵澎旬餘日海不揚波俾臣得以調度七日夜破賊且二十二日進師午刻潮漲較多四尺莫非

上天垂祐
皇上彌天之福故使扼守澎湖巨䰟巨鎮精銳逆賊巨艦不數日而全軍覆沒雖各鎮將弁目士卒戮力用命實賴
皇上天威丕振督臣姚啟聖捐造船隻捐養水兵與臣共勷大舉仍又親來厦門殫壓殫心催趲糧餉輓運不匱加以厚資犒賞將弁三軍莫不激勵思奮今日克取澎湖之大捷皆督臣賞賚鼓舞之功乃有此成效也擬卽乘勝進勦但臺灣港道紆迴南風狂湧深淺莫辨似應少待八月或十月利在北風進取萬全倘有機會可破臣立卽進師三軍關係綦重尤當倍加慎謐不敢輕舉妄動澎湖爲臺灣咽喉今澎湖既已克取臺灣殘賊必自驚潰膽落可以相機掃蕩矣但二穴克掃之後或去或留臣不敢自專合

請
皇上睿奪或遴差內大臣一員來閩與督臣商酌主裁或
諭督撫二臣會議俾臣得以遵行更有請者臣奉有
欽頒功罪格例賞罰期必嚴明行間將士首先衝鋒破敵自當題敘如逡巡不前法豈容寬必宜分別依格究處惟賞功一項臣前題明暫取二萬五千兩布政司纔發一萬六千兩尚少九千兩此耆官兵用命血戰者多必須從優獎勵仰候銀兩遵照格例賞賚又見在進勦臺灣尤切需賞功銀兩以昭信賞用鼓士氣伏祈
勅部移咨督臣迅行酌給如投誠官兵中有自願歸農者

臣查其原籍即行該府縣安插老弱者亦在黜汰若欲入
伍者糧餉在所必需應動何項錢糧并乞
勅部咨會督臣撥給策應使投誠之衆各得其所而無流
離之嘆臺灣逆孽勢必望風歸附蕩平之後仍遵
旨裁汰此十六二十二等日水陸官兵攻殺賊衆死亡者
計三百二十九員名帶傷者計一千八百餘員名悉被砲
火攻擊以致傷亡甚多臣將被傷官兵按其輕重一等傷
每名給銀三兩二等傷每名給銀二兩三等傷每名給銀
一兩以資藥費死亡者酌給銀兩以備殯殮此項銀兩臣
暫爲那應容俟造發給數目細冊送部稽核發給還項至
于格外優邮出自

皇仁其重傷官兵不能荷戈者臣俱已撥船載回厦門延
醫調治其所少兵額另容督臣就于陸師挑選前來補足
精兵實數時常操演尅期合𦩷進發至于分派衝鋒副鋒
鎮營將弁配坐鳥船趕繒船鳥船每船或配八九將弁開
員及外委員弁二三十員不等趕繒船每船或配十員八
員不等又如鎮將所領一戶奪放鳥船七隻其中分配水
陸將弁首先跳船焚船者尚多其入疏內未得逐一槩列
容臣蕩平臺灣奏凱之日擬定功罪臚列在事文武官兵
員名備造清冊開報請敘其投誠僞鎮營繳到僞關防牌
劄與夫得獲船隻大砲甲器旗幟等項查所獲紅衣大銅
砲十二位每位重有四五千觔砲子大者二十二三觔中

者十七八觔次者十四五觔銑鐵大砲二位每位重七千餘觔用砲子三十餘觔尚有焚燬砲船所配之砲俱已沉落在海見在尋撈其餘大小煖熕砲火甲器等物容查明一并造冊繳部以聽查察

陳臺灣棄留利害疏　施琅

臺灣北連吳會南接粵嶠延袤數千里山川峻峭港道紆廻乃江浙閩粵四省之左護隔澎湖一大洋水道三更明季設水澎標于金門所出汛至澎湖而止水道亦有七更臺灣一地原屬化外土番雜處未入版圖也然其時中國之民潛至生聚於其間者已不下萬人鄭芝龍為海寇時以為巢穴及崇禎元年鄭芝龍就撫將此地稅與紅毛為互市之所紅毛遂聯絡土番招納內地人民成一海外之國漸作邊患至順治十八年為海逆鄭成功所攻破盤踞其地糾集亡命挾誘土番荼毒海疆窺伺南北侵犯江浙傳及其孫克塽六十餘年無時不仰廑
宸衷臣奉
旨征討親歷其地備見野沃土膏物產利溥耕桑並耦漁鹽滋生滿山皆屬茂樹遍處俱植修竹硫磺水籐糖蔗鹿皮以及一切日用之需無所不有向之所少者布帛耳茲則木棉盛出經織不乏且舟帆四達絲縷踵至飭禁雖嚴終難杜絕實肥饒之區險阻之域逆孽乃一旦凛
天威懷

聖德納土歸命此誠天以未闢之方輿資
皇上東南之保障永絕邊海之禍患豈人力所能致夫地方既入版圖土番人民均屬赤子善後之計尤宜周詳此地若棄爲荒陬復置度外則今臺灣人居稠密戶口繁息農工商賈各遂其生一行徙棄安土重遷失業流離殊費經營實非長策况以有限之船渡無限之民非閱數年難以報竣使渡載不盡苟且塞責則該地之深山窮谷竄伏潛匿者實繁有徒和同土番從而嘯聚假以內地之逃軍流民急則走險糾黨爲祟造舟製器剽掠濱海此所謂藉寇兵而齎盜糧固昭然較著者甚至此地原爲紅毛住處無時不在涎貪亦必乘隙以圖一爲紅毛所有則彼性狡

黠所到之處善爲鼓惑人心重以夾版船隻制作精堅從來無敵於海外未有土地可以托足尚無伎倆若既得數千里之膏腴有以依泊必倡合黨夥竊窺邊場逼近門庭此乃種禍後來沿邊諸省斷難晏然無虞至時復動師遠征兩涉大洋波濤不測恐未易再建成效如僅守澎湖而棄臺灣則澎湖孤懸汪洋之中土地單薄界于臺灣遠隔金廈豈不受制於人是守臺灣即所以固澎湖臺灣澎湖聯爲臂指沿邊水師汛防嚴密各相犄角聲氣關通應援易及可以寧息况昔日僞鄭所以得負抗逋誅者以臺灣爲老巢以澎湖爲門戶四通八達游移肆虐任其所之我之舟師往來有阻今地方既爲我得在在官兵星羅碁布

風汛順利片帆可至雖有奸萌不敢復發臣業與部臣撫臣會議部臣撫臣未履其地去留未敢決臣閱歷周詳不敢遽議輕棄者也伏思

皇上建極以來仁風遐暢威聲遠播四海賓貢萬國咸寧日月所照霜露所墜凡有血氣莫不臣服以斯方拓之土奚難設守以爲東南數省之藩籬且海氛既靖內地溢設之官兵盡可陸續汰減以之分防臺灣澎湖兩處臺灣設總兵一員水師副將一員陸師叅將二員兵八千名澎湖設水師副將一員兵二千名通計兵一萬名足以固守又無添兵增餉之費其防守總兵副叅遊等官定以三年或二年轉陞內地無致久任永爲成例在我

皇上優爵重祿推心置腹大小將弁誰不勉勵竭忠然當此地方初闢該地正賦雜餉俱宜蠲豁現在一萬之兵食權行全給三年後開徵可以佐需抑且寓兵于農亦能濟用可以減省無虞盡資內地之轉輸也蓋籌天下之形勢必求萬全臺灣一地雖屬外島實關四省之要害無論彼中耕種猶能少資兵食固當議留即爲不毛荒壤必藉內地輓運亦斷斷乎其不可棄惟去留之際利害攸係我

朝兵力比於前代何等強盛當時封疆大臣狃于目前苟安爲計畫遷五省邊地以備寇患致賊勢愈熾而民生顛沛往事不臧禍延及今致遺

朝廷宵旰之憂臣仰荷

洪恩天高地厚行年六十有餘衰老浮生頻虞報稱未由熟審該地形勢而不敢不言蓋臣今日知而不言至後來萬或滋蔓難圖竊恐皇上責臣以緘默之罪臣又焉所自逭故當此地方創平定計去留眞敢擔承臣思棄之必釀成大禍留之誠永固邊圉會議之際臣雖諄諄極道難盡其詞在部臣撫臣等耳目未經又不能詳悉其槪是以臣會議具疏之外不避冒瀆以其利害自行詳細披陳伏祈睿鑒

請蠲減租賦疏　施琅

臺灣沃野千里則壤成賦因地爲糧宜稱富足但地處汪洋之中化阻聲教之外彌山遍谷多屬土番雖知懷服習性未馴射獵是事徵供無幾所安於耕桑可得按戶而問賦者皆中國之人于數十年前生聚乎其間及鄭逆擁衆盤踞兵即爲農農即爲兵兼沿海數省之地方人民有爲其所掠而去者有趨而附者非習于漁則與爲佃自臣去歲奉旨蕩平僞藩僞文武官員丁卒與各省難民相率還籍近有其半人去業荒勢所必有今部臣蘇拜等所議錢糧數目較僞藩鄭克塽所報之額相去不遠在鄭逆當日僭稱一國自爲一國之用度因其人地取其餉賦未免重科茲部臣等奉有再議之

旨不得不以此數月議覆臣竊見此地自天地開闢以來
未入版圖今其人民旣歸
天朝均屬赤子以我
皇上視民如傷率土咸被伏乞沛以格外之澤蠲減租賦
則恩出自
皇上不在臣下使海外諸國何聞
天威而慴服茲輕賦薄歛益慕
聖德而引領如以會議旣定當按數而徵在道府縣責成
所係必奉行催科兼以鄭逆向時所徵者乃時銀我之所
定者乃紋銀紋之與時更有加等茲劉國軒馮錫范見在
京師乞
勅部就近訊詢而知彼夫遐陬初化之人非孝子順孫苟
或以繁重爲苦輸將不前保無釀成地方之禍階乎至時
動輒爲費更甚何惜減此一二萬之錢糧哉且臣前之所
以議守此土者非以因其地而可以加賦也蓋熟察該地
屬在東南險遠海外之區關係數省地方安危旣設官分
治撥兵汛防則善後之計宜加周詳今所議守兵一萬乃
就閩省經制水陸兵丁六萬五千七百五十名數內抽調
兵無廣額餉無加增就此議定錢糧數目蠲減于寇虐之
後使有司得以仰體
皇上德意留心安集撫綏俾四民樂業億兆歡戴至數年
後人戶盛繁田疇悉易賦稅自爾充益斯時有增無減豈

待按數而徵哉至于興販東洋白糖一項歲定二十萬石不足之數聽其在本省之內採買夫本省之去臺灣已隔兩重汪洋以臺灣所產白糖配臺灣興販船數固爲妥便若就本省湊買白糖涉重洋而至臺灣方興販東洋則今四方蕩定六合爲一在臺灣可以興販東洋何本省而不可興販必藉臺灣之名買白糖赴彼興販此皆部臣蘇拜等慮彼中之錢糧不敷爲籌度湊足民法可知臺灣錢糧一時未能裕足故也然在部臣及督撫二臣未至其地不知該地情形雖留心區畫難以曲盡以臣躬親履歷其于民風土俗安危利害無不詳悉天下事言之于已然之後不若言之于未然之前臣荷

恩深重知無不言言無不盡如今不言至于後來或有禍患咎臣以緘默之罪臣又安所自逭况臣明有會議之肯故不得不盡披陳

論開海禁疏　施琅

臣聞慮事必計其久遠防患在圖於未然我

皇上深念海宇既靖生靈塗炭多年故大開四省海禁特設關差定稅聽商民貿捕羣生感霈澤之均沾

國家獲泉流之至計顧臣思前因海禁森嚴隄防易於畫一茲海禁既展沿海內外多造船隻飄洋貿易採捕紛紛往來水師汛防無從稽察竊見在昔明朝濱海奸徒出沒糾艅肆害延至我

朝四十餘年江浙閩粵數省民靡有寧今德威遠播四海
歸心惟南之東埔寨尚有僞鎮楊彥廸下餘孽黃進聚艘
百餘號北之浙江烏洋尚有房錫鵬殘黨及撫而復叛之
劉會集艘數十隻游移海洋邇來貿易船隻給有關臣照
票而往採捕船隻給有道府縣由單而出叢雜無統兼數
省內地積年貧窮游手奸宄實繁有徒乘此開海公行出
入汛口若嚴于盤查則以抗
旨之罪相加恐至海外誘結黨類蓄毒釀禍况見准浙江
撫臣趙士麟咨稱閩省有等漁船越境荼毒漁民亟宜禁
止等語臣以爲展禁開海固以恤民裕課尤須審弊立規
以垂永久如今販洋貿易船隻無分大小絡繹而發隻數

繁多貲本有限餉稅無幾不惟啟外域之慢非大國之風
且藉公行私多載人民深有可慮如近者臣在省會議據
中軍叅將張旺報稱船戶劉仕明趕繒船一隻給關票出
口往呂宋經紀其船甚小所載貨無多附搭人數共一百
三十三名臣據報旋即行查而該船已開去矣一船如此
餘船可知此時內地人民奸徒貧乏之不少弗爲設法立規
節次搭載而往恐內地漸見日稀夫以臺灣難民尚荷
皇上德意移入內地安插今內地之人反聽其相引而之
外國殊非善固邦本之法竊觀外國進貢之船人數來往
有限豈肯遺留一人在我中土更考歷代以來備防外國
甚爲嚴密今雖許其貿易亦須有制不可過縱以臣愚見

此飄洋貿易一項當行之督撫提各將通省之內凡可興販外國各港門議定洋船隻數聽官民之有根脚身家不至生奸者或一人自造一船或數人合造一船聽四方客商貨物附搭庶人數少而貲本多餉稅有徵稽查尤易至於外國見我制度有方行法慎密自生畏服而遏機端其欲赴南北各省貿易併採捕漁船亦行督撫提作何設法畫定互察牽制良規以杜泛逸海外滋奸則民可以遂其生國可以佐其用禍患無自而萌疆圉永以寧謐誠爲圖治長久之至計夫安不忘危利當思害苟視爲已安已治無事防範竊恐前此海疆之患復見不遠矣兼水師船隻刻限三年小脩五年大脩自征勦及渡載投誠僞官兵眷

口難民之後多屬朽壞擱泊少當于用窮弁不能拮据整葺請脩猶遲時日而沿海新造留捕之船皆輕快牢固砲械全備倍于水師戰艦倘或奸徒竊發藉其舟楫擴其貲本恐至蔓延蓋天下東南之形勢在海而不在陸陸地之爲患也有形易于消弭海外之藏奸也莫測當思杜漸更以臺灣澎湖新闢遠隔汪洋設有藏機叵測生心突犯雖有鎮營官兵汛守間或阻截往來聲息難通爲患抑又不可言矣至時禁止貿捕之議復行寧惟負我
皇上子養億兆之德意將東南環海地方不又仰廑
宸衷顧慮哉恭自我
朝定鼎以來凡有梗化精騎一到率土咸服獨此海氛積

年負抗調發勞費動關億萬未獲削平乃
乾斷航勦甫爾蕩定而四省開洋船隻出入無禁思患預
防不可一日廢弛臣謬膺職任在閩言閩當此未然深知
情弊鰓鰓上陳使臣年力方壯
皇上不以臣爲駑駘尚可竭蹷綢繆惟年已六十有五衰
老漸及意在乞休秖荷
恩深重思
皇上有千萬世之洪基臣子孫有千萬世之爵祿故不能
緘默而言人之所不敢言者

請收拾遺棄人才疏　施琅

竊惟我
朝定鼎以來凡屬投誠荷
恩錄用在在竭忠或膺提鎮或授副叅遊守千把等
殊典過優近准部咨康熙十三年以後凡投誠功加未至
八等者追劄歸農奉
旨欽遵在案此就功分別用舍亦愼名器之要端然此等
不無抱抑之歎蓋用人之道用之不可以拘倒棄之尤不
可以驟促臣思閩省投誠有係康熙十三年以前在外省
墾荒爲題調從征効力者有康熙十三年以後在本省効
勞見補經制遊守千總員缺者有功績者至於臺灣新附
人員亦有勇敢歷練者一旦棄置之未免屈其已効之力
而辜其歸命之心以臣愚見不若洪開格外陞恩

勅下督撫提將新舊投誠各官見在閩省者親行考驗其中果老弱病廢無一技之長原係經任遊守千把者准其原品致仕未經任事者聽其原籍安插歸農果係年力精壯膽氣勇敢歷練戰鬬者酌定銜劄量給俸餉令隨督撫標下効勞許以遇缺保題一二補用此中名數舊者如墾荒題調及本省効勞見補經制員缺航勦効力者驗選約計不過百餘員如臺灣投誠驗選不過數十員計

朝廷之動給無幾從前海疆未靖年年調發飛輓費用不計今四方式寧各省溢額官兵槩經裁汰俸餉從此減省一年之中何惜一二萬金以養有用之人使新舊投誠老弱者遂安處之榮精鋭者有功名之望若以功加未至八

等循例而棄之已至八等循例而用之是徒循資格以待人臣伏見未至八等者其才畧未必皆遜於已至八等之員已至八等者其才畧未必能勝於未至八等之員惟擇其精練勇敢者而蓄之則凡巨孽皆得遂其願効之懷自壯而老老而死安心於覆幬彼懦弱無長者亦恬然而自安不寧惟是見今裁兵之際更多游手游食窮窘無藉之輩負戴營生非其素志不能盡保其無異念覩此巨孽皆爲我羅而養之則若輩之碌碌因人成事者終無足有爲即爲亦無濟此實籠絡人材羅其尤而衆心自戢者也且夫

朝廷尚三年一試武場不過欲廣搜天下人才然其中式

者雖弓馬嫺諳而未歷戎伍未經戰攻何若此等之赳赳
武夫慣精於疆場用之較有實效也昔漢祖當天下既定
猶思壯士以守四方此深鑑用舍之得失茲萬國獻琛羣
黎徧德各省亦有投誠不同而臣在閩言閩特舉此投誠
之用舍益措置得宜其於
國家未必無少裨也況乎鄭克塽見蒙優加公爵馮錫范
劉國軒見授伯爵國軒見叨天津總兵之任
皇上之推心垂仁誠寬於萬古帝王又誰不傾心仰答者
乎臣爲封疆籌畫安至計非敢爲投誠人員自市私恩也

題報生番歸化疏　閩浙總督覺羅滿保滿洲人

臺灣遠屬海外民番雜處習俗異宜自入版圖以來所有
鳳山縣之熟番力力等十二社諸羅縣之熟番蕭壠等三
十四社數十餘年仰邀

聖澤俱各安民物阜俗易風移其餘南北二路生番自古
僻處山谷聲教未通近見內附熟番賦薄徭輕飽食煖衣
優游
聖世耕鑿自安各社生番亦莫不歡欣鼓舞願附編氓今
據臺灣鎮道詳報南路生番山猪毛等十社土官匝目等
共四百四十六戶男婦老幼計共一千三百八十五名口
北路生番岸裡等五社土官阿穆等共四百二十二戶男
婦老幼計共三千三百六十八名口俱各傾心向化願同
熟番一體內附等由冊報前來臣因海外生番輸誠歸化

若非撫綏安置備極周詳無以仰副
皇上德洋恩溥遠至邇安之意隨會同撫臣批行鎮道確
勘議詳復行福建按布二司詳悉酌議去後茲據沙木哈
董永芝詳報稱南北二路生番向與鳳諸二邑熟番接界
今據慕義輸誠實由
聖德感孚所致查其地土毗連各有土官統攝醇樸馴良
應循習俗令其照舊居處仍用本社土官管束無庸另設
滋擾其汛守防範原有鳳屬南路一營之淡水汛諸屬北
路營之半線汛相去匪遙飭令照舊防範用資彈壓并令
文員加意撫恤除熟番聽其照常貿易外內地兵民毋許
擅入番界生事及藉巡查擾累所報丁口附入版圖勿事

編查順其不識不知之性使之共樂堯天其南北二路歸
年各願納鹿皮五十張各折銀一十二兩代輸貢賦聽其
按年輸納載入額編就臺充餉此外並不得絲毫派擾以
彰柔遠深仁等由造具各社番戶丁口數冊前來欽惟我
皇上聖德神功光被四表文謨武烈協和萬邦聲教覃敷
已漸被于東南西北恩膏疊沛更周流于侯甸要荒茲海
外之番黎等寰中之蠕動乃猶仰沾
聖化原附生民且見草木昆蟲盡屬太和之保合雖在黃
農虞夏莫非廣運之規模臣幸際昌期欣逢盛事即會同
撫臣陳瑣捐備花紅銀牌帽猪酒飭令該地方官將土官
從優給賞外所當恭疏報聞請

旨纂入輿圖昭垂典冊以誌無疆之盛業者也

請採買米穀按豐歉酌價疏　巡臺書山 御史張湄

穀價以豐歉爲低昂採買視歲収爲損益未有守以前之成例而不務變通者也臺灣雖素稱産米之區而生齒日繁地不加廣兼之比歲雨暘不時收成歉薄蓋藏空虛荷蒙

皇上聖明遠照洞悉情形於重洋萬里之外歷奉

諭旨臺民無不感激惟是內地臣工身未親履其境徒執傳聞之豐稔未曉今昔之不同即如御史陳大玠生長泉州尚疑臺郡有歉視漳泉之見殊不知臺灣固爲東南數省之籓籬八閩全省之門戶而於漳泉所係尤非淺鮮也

臺郡寧謐則漳泉安漳泉安而全閩俱安矣夫地以民爲本民以食爲天臺灣四面俱海其舟楫相通者惟泉廈耳而泉廈又山多地小仰藉臺穀是臺灣之米有出無入猝有水旱非同他郡有鄰省通融商賈接濟也臣等蒙

皇上畀以巡視重任豈不知春秋嚴遏糴之戒況全隸閩省版圖原無分於此疆彼界而於海口之米穀不得不責成官吏嚴其出入者實由事勢使然也若任其運載透越則臺穀指日可竭而地方不能寧謐日後之漳泉亦無從而仰藉矣此臣工之籍隸漳泉者亦宜爲久遠計而毋徒務爭目前之利爲汲汲也蓋臺地之所出每歲止有此數而流民漸多已耗臺穀之半復有兵米眷米及撥運福興

漳泉平糶之穀以及商船定例所帶之米通計不下八九十萬此即歲歲豐收亦斷難望其如從前之價值平減也是以臣張湄同前任滿御史臣舒輅有請建府倉以裕民食之請工科給事中楊二酉有先實臺倉之奏臣等於上年十月亦有請禁透越私渡之摺即近今閩省督撫二臣議覆科道楊二酉等條奏亦以臺倉之積貯不充則內地之轉輸易竭海外設有緩急他處難以接濟爲慮但督撫所議令臺灣四縣貯粟四十萬石恐一時買足爲數太多爲期太迫應定三年之限照數購買而部臣以採買倉穀定例年歲豐稔應全數採買並無遞限三年之期議覆臣等伏思臺灣上年收成實止七分既非豐稔似不得全數

採買且楊二酉原奏請先實臺倉然後買運內地該督撫等以內地兵糈民食無從措辦關係非小仍請照舊撥運部議既准其奏而本處貯穀又不寬其限期未免米價更昂轉於民食有礙是不若督撫所請三錢之議爲得也再楊二酉所稱內地發買穀價僅三錢六分式二錢不等裝運腳費俱從此出在從前穀賤之年原足敷用今則不免賠累嗣後必依時價運費發買爲得該督撫亦議請以後按年歲豐歉酌量增減所見相同而部臣拘於成例謂從前並無以年歲不齊稍議加增又臺灣素稱產米迥與內地不同倏增倏減恐啟浮冒捏飾之端宜仍循舊例是猶以從前之臺灣視今日之臺灣也臣等查上年臺灣於收

成之際米價每石尚至一兩五錢不等則穀價亦在七錢上下續又准閩省水陸提督及金門鎮等各移咨督撫赴臺採買兵米俱不下數千餘石已下各屬米價自一兩七八錢至二兩不等則與從前大相懸殊可知原議之穀價即不論裝運腳費已不抵時值之半倘仍不議增必致因循歲月互相觀望採買無期若勒以嚴限迫之使趨非縣令受賠償之累即閭閻罹短價之苦小民終歲勤動至秋成而賤買之既失

皇上愛民重農之意若使有司賠墊勢必挪移虧空亦非

皇上體卹臣下之心況賢愚不等或思因他事取償是其累仍歸於民也至因條增倏減恐啟浮冒扣餙之端則綜歲晴雨穀價低昂每屬每十日必通報督撫提鎮而臣等現駐其地貴賤俱循例奏聞倘有不實定即指叅何能浮冒夫浮冒之弊小累民之事大卽果不能盡絕猶當權其重輕況本無從揑餙乎臣等仰荷

恩命巡視臺灣身處局中不敢以既經部覆之案瞻顧隱默有負委任之至意謹將現在穀價之情形據實奏明伏祈

皇上天恩准照閩省督撫所議俾得按年歲豐歉酌量價值及時採買庶於海外地方實有裨益至將來閩省提鎮等採買臺穀亦乞

勑諭令其預爲咨商臺地官員俟果有盈餘然後委員赴

買臣等仰體

聖心自必隨時斟酌變通使中外有無相濟斷不敢稍存爾我畛域之私違協恭和衷之道也

題准臺民搬眷過臺疏　　巡撫　吳士功

按臺灣府屬一廳四縣歸隸版圖將及百年居其地者均係閩粵二省濱海州縣之民從前俱於春時往耕西成回籍隻身去來習以為常迨後海禁漸嚴一歸不能復往其立業在臺灣者既不能棄其田園又不能搬移眷屬另娶番女恐滋擾害經陞任廣東撫臣鄂彌達具奏于雍正十年五月經大學士鄂爾泰等議奏以臺地開墾承佃僱工貿易均係閩粵民人不啻數十萬之衆其中淳頑不等若終歲羣居皆無家室則其心不靖難以久安鄂彌達陳奏亦安輯臺地之策臣等公同酌議查明有田產生業平日守分循良之人情愿攜眷來臺入籍者地方官申詳該管道府查實給照令其渡海回籍一面移明原籍地方官查明本人眷口塡給路引准其搬攜入臺等因遵行在案嗣於乾隆四年前督臣郝玉麟以流寓民眷均已搬取請定於乾隆五年停止給照不准搬移續於乾隆九年巡視臺灣給事中六十七等具奏以內地民人或聞臺地親年衰老欲來侍奉或因內地孤獨無依欲來就養原圖天倫聚順永遠相親無如格于成例甘蹈偷渡之愆不肖客頭奸稍將船駛至外洋如遇荒島詭稱到臺促客登岸荒島人

煙斷絕坐而飢斃餓而洲上潮至羣命盡歸魚腹因礙請
照之難致有亡身之事請仍准搬眷等因經部議令該督
撫確查定議經前臣馬爾泰等會議具題經戶部議覆應
如該督所議嗣後臺民如有祖父母父母及妻子欲赴臺
侍奉就養者仍准其給照搬養等因于乾隆十一年四月
十九日奉
旨依議欽此欽遵在案後于乾隆十二年五月內閩督臣
喀爾吉善請定限一年之後不准給照自此停止以來迄
今十有餘年凡有渡臺民人禁絕往來不能搬移現在臺
地漢民已逾數十萬其父母妻子之身居內地者正復不
少十年長養凡向之孑身飄流過臺者今已墾闢田園足

供俯仰向之童稚無知者今已少壯成立置有產業若棄
之而歸則失謀生之路若置父母妻子於不顧又非人情
所安故其思念父母繫戀妻孥冀圖完娶之隱衷實有不
能自已之苦情以致急不擇音甘受奸梢之愚弄冒險偷
渡言辭叢生臣一載以來留心察訪緣事在汪洋巨浸人
跡罕到之地被害者既已沒于巨波倖免者亦緣有干禁
令莫敢控訴故例禁雖嚴而偷渡者接踵臣與督臣俱令
先後查拿或偷渡未成而被害或出港遇風而追回計自
乾隆二十三年十二月起至二十四年十月止一載之中
共盤獲偷渡民人二十五案老幼男婦九百九十九名口
內溺斃者男婦三十四名口其餘均經訊明分別遞回原

籍其已經發覺者如此其私自過臺在海洋被害者悉不
知凡幾伏念內外民人均屬
朝廷赤子向之在臺為匪者悉出隻身之無賴若安分良
民既已報墾立業有父母妻子之繫戀有仰事俯育之幸
勤自必顧惜身家各思保聚此從前督撫諸臣所以疊有
給照搬眷之請及奉准行過臺之後亦未有在臺眷口滋
釁生事者蓋民鮮土著則有輕去之思人有室家各謀久
安之計乃因良民之搬眷禁以奸民之偷渡致令在臺者
身同羈旅常懷內顧之憂在籍者悵望天涯不免向隅之
泣以故內地老幼男婦煢獨無依之人迫欲就養竟至挺
而走險畢命波濤非所以仰體我

皇上如天之覆一視之仁也臣既深知臺民之搬眷事非
得已而奸梢之偷渡貽害無窮合應仰懇
勅部定議嗣後除隻身無業之民及無嫡屬在臺者一切
男婦仍遵例不許過臺有犯即行查拿遞回外其在臺有
業良民果有祖父母父母妻妾子女子婦孫男女及同胞
兄弟在內地者許先赴臺地該管廳縣報明將本籍住處
暨眷口姓氏年歲開造清冊移明內地原籍查對相符俟
覆到之日總報明該管道府給與路照各回原籍搬接過
臺其內地居住之祖父母父母妻妾子女子婦孫男女及
同胞兄弟等如欲過臺探視相依完聚者即先由內地該
管州縣報明造冊移明臺地查確覆到再行報明督撫給

照過臺仍責成廈門臺防兩同知并守汛武員凡遇過臺眷口出入均須驗明人照相符方准放行如人照不符及不先行確查濫行給照者將該管官査叅議處汛口文武失察徇隱一并分別處分其隻身無業之民並無親屬可依客頭船戶包攬偸渡者仍照例嚴行査拿毋得少有寬縱似與臺地之海防民生均有裨益

續脩臺灣府志卷二十終

欽命巡視臺灣朝議大夫戶科給事中紀錄三次六十七　同修
欽命巡視臺灣朝議大夫雲南道監察御史加一級紀錄三次范　咸
分巡臺灣道兼提督學政覺羅四明
臺灣府知府余文儀　續修

藝文二　露布　文移　書

露布

攻克鹿耳門收復安平露布代　諸生藍鼎元　漳浦人

蓋聞金屋瑤臺非穿窬可覓而走重洋天險豈醜類可奄爲巢惟海國之臺灣乃王家之屏翰地則龍蟠虎踞屹立扶桑暘谷之間門開鹿耳鯤身遥扼呂宋荷蘭之吭我皇神武遠邁軒虞日月照臨遐荒暨訖既已拔荆斬棘消魑魅而入版圖亦且教稼明倫化蒼黔而躋文物四十載噢咻生息億萬年含哺鼓歌朱一貴以飼鴨鄙夫狡焉倡亂杜君英以傭工客子肆其狂謀遂合兩地賊兵胆造滔天罪孽周應龍赤山之敗苗景龍南路之衂豕突狼奔蹂躪郊郭於是鎮協血戰盡瘁以殉封疆將弁捐軀懷忠以報社稷全郡陷沒萬姓羅殃爾乃沐猴而冠欲倣人豕拜跪登場作戲妄擬海外王公據我倉廒開我府庫居我官廨腹我人民草木爲之怒號山川於焉失色本鎮奉檄討賊總統水陸萬軍遵制府之機籌合軍門之調度六月癸卯自澎進兵丙午黎明咸集鹿耳先鋒林亮董方忠勇冠

乎三軍雄威溢於千艘直驅精銳大戰洶濤六鎮親率叅將王萬化林政遊擊邊士偉朱文等八十餘員統領官兵指揮舸艦竝趨進港賈勇爭先巨砲雷轟震驚而山崩地圻輕舟鷙擊奮揚而尾解灰飛白刃雜以火攻爲合因而獸散類

皇上威靈波臣效順潮水漲高八尺好風利自西來連緣竝前礁石無犯遂奪天險攻克鹿耳門林亮董方首先登岸奪取砲臺焚賊營汛伊時日方及午乘勝進攻安平遊擊林秀薄有成氣吞勁敵守備魏大猷葉應龍目無堅壘命同前鋒先驅擊賊蠢爾鄭定瑞尚逞螳臂以當車衂矣蘇天威欲藉豚威而咋虎我軍鼙鼓動地旌旗蔽空林亮董方復先登岸本鎮親率王萬化林政邊士偉朱文謝希賢魏天錫郭祺王紹緒胡璟范國斗齊元輔鄭耀祖金作礪李祖昌瑞麟洪平康陵劉永貴等各官兵如熊如羆如飛如翰寶刀怒舞賊血濺乎平沙鎗砲連環殭屍塡乎水涘飄乎狂風掃秋葉快哉烈熖爇蜂窠遂登安平鎮城壁立大軍旗幟安平百姓簞壺迎師載道歡呼復見天日本鎮詢問疾苦嘉與維新嚴飭弁兵秋毫無犯一日三提猛氣上騰層霄二險連收脚跟已踏實地從茲城壘可據進戰退守皆安港道得通兵糧往來均便旦日聞勳立見剗平滅楊么於洞庭尸袁甫於東市移山壓卵閩內不煩再舉之師覆海漂煨軍中共慶膚功之奏謹大書露布告中

鯤身西港連戰大捷遂克府治露布代 藍鼎元

惟丙午之大捷收鹿耳與安平戰艦蝟泊於臺江弁兵雲屯乎城闕立營設砲分扼要害之衝稱戈比干共震嘽焞之盛詰朝丁未水師提督施世驃樓船進安平港舟雖巳刻一貴遣羣賊列陣來四鯤身本鎮躬督大軍左右迎敵鬭如虓虎氣吞賊魄八千矯若游龍威懾臺黎百萬林邊王鄭諸將彝陸直攻朱林魏呂各員盪舟夾擊追奔逐北至七鯤身涉水行沙遂歸瀨口翌日分遣將校沿江撐駕小船運載硝磺雜裝茅葦乘西南之風烈用諸葛之火攻火箭火龍空中飛舞賊艅賊艇觸處焚燒巳酉黎明賊衆二萬眉死決戰直犯安平植木眉於牛車聯成陣勢繪青旗以黑蟒誇翊精鋒我師威武奮揚左翼右翼一人可以當千大砲連環齊發陸軍水軍三矢仍看餘二屍填巨港京觀等于難籠戈倒沙灘棄甲齊于龜佛自是賊人破膽不敢再出鯤身守險拒江待吾師老本鎮分兵西港塘渡等寮遇賊七千餘人大戰于蘇厝甲俄而近村四出敵衆漸增雜遝荆蓁彌漫原野前鋒軍弁林亮魏大猷等用命爭先左右軍林政邊士偉等奮力衝殺胡璟等以奇兵繞賊陣後首尾夾攻呂瑞麟以遊兵突出竹林橫截賊陣本鎮悉驅精鋭自將中軍鎗炮震天鼓聲動地大敗賊衆歡散土崩俘馘斬傷不可勝計癸丑揮兵南下沿途廓清凡遇

兇頑輒行勦滅乃敗之于木柵仔復敗之于蔦松溪朱一
貴捨命奔逃率其黨潛蹤遁去本鎮克復臺灣府掛示安
民屯劄　萬壽亭收捕逸賊先是水師提督施世驃傳令
將弁尅日攻府林秀王良駿等從七鯤身瀨口進兵朱文
謝希賢等從瓷墼埕大井頭殺入並于本日巳刻與本鎮
會兵　臺郡百姓得復見太平感激涕零咸呼
萬歲亂五十餘日恢復無須浹旬士庶民番仍爲朝廷
之赤子山川土宇依舊
皇家之版圖智武之滅偪陽方斯迅速新建之平寧逆尚
訝濡遲皆賴
皇上神威將士効力軍門調度制府運籌是以克奏膚功
不勞而定夫豈本鎮薄劣所能及茲南北路賊營已空明
朝遣吏立收復二邑朱一貴亡命村落即日令卒徒縛送
檻車中外永清官民胥慶特申露布飛馳以聞

擒賊首朱一貴等遂平南北二路露布　代　藍鼎元

惟辛丑六月二十有三日本鎮總統官兵克復臺灣大張
文告與民更新爲殉難將帥討賊復仇梟磔元兇招徠市
肆宥罪恤傷詢問疾苦乃會同水師提督施世驃遣兵追
勦逸賊分攻南北二路以林秀薄有成郭祺齊元輔范國
斗胡璟李祖劉得紫鄭文祥劉永貴董方林君卿游全興
等帶領官兵窮追朱一貴諸賊以王萬化林政邊士偉魏
天錫攻取南路鳳山縣以朱文謝希賢呂瑞麟洪平閆

威攻取北路管諸羅縣以景慧收復笨港林亮魏大猷率舟師北上平定沿海一帶地方指揮已定刻日遄征犀甲熊旗耀若長虹四出金戈鐵馬閃如怒濤齊飛越五日戊午林秀諸軍遇賊于大穆降追奔逐北炎火之爇飛蓬斬將搴旂豪鷹之攫爰兔賊遺車馬器械堆積如山餘黨潰散歸降十去其九朱一貴走灣裡溪我軍追至茅港尾遂過鐵線橋收復鹽水港一貴夜遁下加冬絕食月眉潭狼狽星散不及千人乃有義民王仁和楊石密受外委守備街劄與楊旭楊雄倡率港尾等六莊鄉壯計謀擒賊閆刂七月丙寅楊旭楊雄誘賊至溝尾莊是夜雞鳴火炮震天金鼓動地六莊鄉壯喊殺攻圍遂擒賊首朱一貴及其黨

王玉全翁飛虎張阿山縛置牛車馳解軍前五十餘自大夜郎王四首叩堦除之石三十萬衆僞稱國公府拽頸雜羊豕之羣餘孽雖奔天網不漏梟楊來于大排竹竿首級於十字街林曹林騫林璉鄭惟晃張看張岳等咸向我軍面縛乞降復擒吳外李勇陳印陳正達盧朱等皆繫長纓以爲俘馘渠魁黨羽無不械送就誅脅從瓜牙一盡烟消靡孑王萬化諸軍至南路擒斬賊目鄭定瑞顏子京收復鳳山縣安撫下淡水各處莊社民番南路五百里地方悉皆恢復蕩平朱文等諸軍至北路擒斬賊目萬和尚等收復諸羅縣安撫哆囉嘓斗六門各處莊社民番景慧引兵至笨港林亮魏大猷以舟師來會遵海而下掃除賊藪招

輯流亡而援淡遊擊張駄守備李撫劉錫千總李郡淡水
營守備陳策等引兵南下半線謝希賢引兵北上與張駄
等會合北路千餘里地方盡皆收復蕩平掃逆寇于一朝
根株悉拔奏膚功於旬日山海敉寧從茲鹿耳鯤身永鞏
東南之鎖鑰雞籠沙馬長固吻遊之藩籬起普天忠愛之
心寒千秋叛逆之膽桓桓熊虎厥有微勞忻忭曷勝馳聞
敢後

文移

檄諸將弁大搜羅漢門諸山 代　藍鼎元

臺民以倡亂爲嬉豈真不知刑戮之可畏由大山深險而
逋逃之藪多也成則出爲民害敗則去爲山狙人跡不至

莫窮其底彼何憚而不爲哉夏季大亂削平渠魁咸縛秋
間尚有阿猴林鹽水港六加甸舊社紅毛蔡諸輩後先嘯
聚屢經擒捕竿街舊逆之僞國公陳福壽杜君英江國論
等十數賊目亦俱招納歸降新舊根株殆將悉絕不意近
日復有匪類豎旗于南路石壁蔡隨撥弁兵追勦立獲蘇
清高三二賊供稱莿瓜成爲首共黨夥二十八人旦暮當
盡縛之不足煩師徒也但逋藪不清萌孽終發諸賊往來
南路阿猴林下淡水間其窠總在羅漢門乘此隆冬澗涸
茅乾土燥之候大舉圍搜掃蕩穴窩諸將其各礪乃裏糇
遵吾軍令刻日進兵爲一勞永逸之計今遣提標遊擊王
良駿金門鎮標遊擊薄有成南澳守備呂瑞麟共帶領征

兵六百以土番五十名爲鄉導從角宿崗山刈蘭坡嶺一
路搜入羅漢門署南路營守備閆威帶領南路兵四百鄉
壯一百土番五十由仁武莊土地公崎阿猴林板臂橋搭
樓一路搜入羅漢門金門守備李燕烽火門守備蔡勇共
帶領征兵四百土番五十由卓猴木崗社一路搜入羅漢
門的于是月十二日午刻咸會內門中埔莊毋敢後至違
者按以軍法另遣臺鎮左營把總林三中營把總陳雲奇
共帶領汛兵二百鄉壯八十土番五十前往大武壠分路
堵截以防賊竄北路營把總游寬下加冬把總鄭榮才亦
帶汛兵二百往大武壠堵截搜捕俱的于十二日午刻咸
會大武壠之礁巴哖毋敢後至違者按以軍法冀日黎明

俱各分兵搜捕羅漢內門諸將備分搜銀錠山內門嶺內
埔隹白藔打鹿埔霞羨林東方木小烏山南馬仙龜潭烏
山尾等處逢人執訊遇寮燒毀焚山烈澤窮極幽深大武
壠諸弁目分搜礁巴年鹿駝莊望郎明郎包米菱拔埔大
湖大龜佛內郎包烏山內等處凡有巖谷無不遍尋直使
蠢爾奸頑更無藏身之地斷首就戮絕無竄逸之區倘有
悔罪求生束身歸命仍貸其死開乃更新之路亂後餘孽
自古蔓延必有一番震盪方能掃滌淨盡可從此囷鼓戢
戈無死灰復燃之患也其師旅所過莊社地方秋毫無犯
敢有擅動民間蔬菜雞犬一草一木卽按軍法領兵官約
束不嚴飛稟參革治罪本署提督令出如山萬萬不可輕

移各宜抖擻精神凜遵毋忽

檄北路將弁分搜小石門諸山代　藍鼎元

聞諸邑東偏大山之中小石門得寶寮竹頭崎三層貉等處有奸宄嘯聚百人操械往來其間晝伏山窩夜出行刼此漸不可長也涓涓不息將為江河會兵勦捕必不可緩汝諸將弁無以山深路險畏難苟安聽吾號令滅此而朝食耳今約分兵三路尅日並進山徑窄狹士卒在精不在多每一路遣精兵百人鄉壯七十土番三十操弓挾矢為鄉導又就中分作三隊漸次而行俾前後遥相照應其令把總鄭高率兵番鄉壯二百名向赤蘭坡進發從三塊埔深坑仔搜捕而入直擣竹頭崎會小石門署守備李郡把

總林時葉各率兵番鄉壯如數時葉從大排竹土地公崎進發搜三層貉等處李郡從糞箕湖仙草埔進發搜得寶寮大石門等處咸會于小石門務必步遍巖阿窮極幽谷燬山中之草寮掃賊人之窟穴果有匪類出沒立卽揮兵掩捕敢拒敵者殲之又山中有羊腸鳥道可由十八重溪通大武壠而之羅漢門今遣把總莊子俊蘇思維率兵二百名前往大武壠扼其吭就撥礁巴哖社番一百名弓矢引道前驅于大湖山路口小籬路口分兵堵截以防逸盜無令逃竄計諸路並進圍搜設伏截擒更無奪逸之地前不敢出後不敢入賊在吾掌中矣但兵貴神速機在謹密幸無濡滯漏洩使賊聞風而先遁惟諸君慎之慎之

檄下加冬李守戎代　藍鼎元

日者該弁追捕奸匪深入山內北埔寮與賊人對敵生擒渠魁李慶奪賊旗械二十六面捍收回所刼贓物焚燬窩廬據報之下深爲莞爾該弁深阻前驅罔憚勤勞克敵著績可謂能盡職矣繼閱諸羅令詳報來文稱據鄉保長廖督等云賊廬五間內積米糧百餘石該弁傳令焚燒果有此事又可謂知兵法矣從來敵遣貨物不可輕取恐兵丁貪獲所有隊伍散亂萬一賊人返攻無心戀戰鮮有不敗該弁追捕克勤又能知兵若此本鎮誠爲喜而不寐也但所稱賊廬五間是否新造抑係久居於此每廬深廣幾丈尺能容人衆幾何鍋竈幾所碗箸食飲之具可供幾人廬

中糧食實在屯積多少是粟是米果否一盡焚燒抑或兵丁鄉壯尚有取携而去所收回賊刼贓物牛幾頭雞豕犬羊幾隻衣服布帛首飾銀錢幾件數曾否俱還失主收領抑移交諸羅縣令分發逐一開明備細據實報知本鎮將因此以卜賊人多寡出沒之數非于該弁有所苛求也隨行目兵分別功次併紀其名氏以來將有以獎勵之無忽

檄查大湖崇爻山後餘孽代　藍鼎元

日者鄭固就擒逆謀潰敗南路餘孽將從此永清矣據供王忠等有黨千人在內山大湖崇爻山後賊山譸張雖未足據爲憑信然不可以不防也其令千總何勉把總康賜叫羅漢門大武壠分道並入直抵大湖採探有無匪類踪

跡併熟視進兵路徑果有窠巢即大舉撲滅之耳山後地方有崇爻卑南覓等社東跨汪洋大海高峯插天巖險林茂溪谷重疊道路弗通苟有賊黨嘯聚往來番黎無不知之其令外委千總鄭維嵩率健丁十數人駕舟南下由鳳山岬嶠至沙馬磯頭轉折而東賫檄往諭卑南覓大土官文結賞以帽靴補服衣袍等件令其調遣崇爻七十二社社番遍處搜尋將山後所有盜賊悉行擒解按名給賞拒敵者殺死勿論凡擒解山中漢人一名該番賞布三十尺鹽五十斤烟一斤獲劇賊者倍之有能擒獲王忠當以哆囉哖嗶吱鉀兩烟布食鹽等物大加犒賞諸番黎盡心搜緝餘孽應無容身之地也番性嗜殺本鎮不得已而用但山後大湖地方乃自開闢以來人跡不到之境當今並無甲籍居民所有逋逃總非善類藏之亦不妨耳窮深極遠兵不可入番黎趫捷如飛靡幽不到使之甚便擒縛以來如市貨物縱有一二漏網而山中既不可居待其出而擒之如籠中之鳥釜中之魚烏有不滅者哉其各努力以奏爾功無忽

檄淡水謝守戎 代

藍鼎元

昨擒獲孽醜黃來供稱臺灣山後尚有匪類三千人皆長髮執械屯聚山窩耕田食力又有艘艦往來其詞甚謬本鎮治賊素嚴黃來既獲自料必死故為危言以延數月之命豈有他哉然君子思患預防明知其為謬妄亦不得以

其謬妄而忽之臺地二千餘里止論山前西南北一帶本鎮耳目之所及不過上窮淡水雞籠下盡瑯嶠至矣極矣其自淡水雞籠以上轉折而東至三朝蛤仔難下逮崇爻卑南覓沙馬磯頭廻環瑯嶠一帶山後延袤大畧與山前等其間道里遠近山川形勝扼塞險夷以及番黎情狀性習馴悍本鎮不能周知其詳也安保深山大澤之中人民足跡不至之地無有匪類出没乎曩者南路擒獲鄭固亦稱王忠逃匿山後大湖有黨千人本鎮經遣弁員賫檄往諭卑南覓大土官文結鼓舞七十二社番黎以兵搜捕將山後所有逸賊盡縛以來苟有王忠在彼網不漏矣今惟雞籠以及蛤仔難下抵卑南覓北界捜捕未周併未遣有

偵緝之人該弁營汛壤與相接此任舍子誰屬耶查大雞籠社夥長許畧關渡門媽祖宮廟祝林助山後頭家劉裕蛤仔難夥長許抜四人皆能通番語皆嘗躬親跋涉其地贌社和番熟悉山後路徑情形該弁其為我羅而致之待以優禮資其行李餱糧之具俾往山後採探有無匪類屯藏巖阿窮極幽遐周遊遍歷倘有遊魂伏莽立即飛報以聞本鎮調遣官兵遄臻勦滅無許偶留根株以貽地方之害但恐許畧等或有畏遠憚行弗克殫心竭力潛跡近地飾言相欺斯亦不可不慮者該弁拔肝膽以誠告之更選能繪畫者與之偕行凡所經歷山川疆境一一為我圖誌自淡水山門十里至某處二十里至某處水陸程途詳記

圖上至蛤仔難接界南覔而止百里千里無得間斷某處某社某山某番平原曠野山窩窟穴悉皆寫其情狀註其名色併臺灣山後千里幅員盡數收入畫圖中披覽之下瞭如身歷重賞酬勛本鎮無所吝焉山後廓清是亦該弁一勞績也

諭閩粤民人 代

藍鼎元

鄭章毆死賴君奏賴以槐按問抵償聞汝等漳泉百姓以鄭章兄弟眷屬被殺被辱復仇爲義鄉情繾綣共憐其死本鎮豈非漳人豈無桑梓之念道府爲民父母公祖豈忍鄭章無辜受屈但賴君奏賴以槐果有殺害鄭章兄弟家屬應告官究償無擅自撲殺之理乃文武衙門未見鄭章片紙告愬而賴家兩命忽遭兇手雖欲以復仇之義相寛不可得巳況賴君奏等建立 大淸旗號以抗拒朱一貴諸賊乃 朝廷義民非聚衆爲盜者比鄭章擅殺義民律以國法罪在不赦汝等漳泉百姓但知漳泉是親客莊居民又但知客民是親自本鎮道府視則均是臺灣百姓均是治下子民有善必賞有惡必誅未嘗有輕重厚薄之異即在汝等客民與漳泉各處之人同自內地出來同屬天涯海外離鄉背井之客爲貧所驅彼此同病幸得同居一郡正宜相愛相親何苦無故妄生嫌隙以致相仇相怨互相戕賊本鎮每念及此輒爲汝等寒心今與汝民約從前之事盡付逝流一槩勿論以後不許再分黨羽再尋仇釁

漳泉海豐三陽之人經過客莊客民經過漳泉村落宜各釋前怨共敦新好爲盛世之良民或有言語爭競則投明鄉保耆老據理勸息庶幾興仁興讓之風敢有攘奪鬭毆負隅肆橫本鎮執法創懲决不一毫假借其或操戈動衆相攻殺者以謀逆論罪鄉保耆老管事人等一併從重究處汝等縱無良心寧獨不畏刑戮本鎮以殺止殺無非爲汝等綏靖地方使各安生樂業各宜凜遵無貽後悔

覆臺變殉難十六員看語代　藍鼎元

看得臺灣土賊朱一貴等倡亂陷沒全臺武職自總兵官以下把總以上死事各員所處之地不同所以死者亦異臺協水師如副將許雲左營遊擊游崇功身在水師事起

陸路領兵救援鄰境而血戰捐軀者也如中營把總李茂吉則隨許副將救援力戰被執不屈罵賊而死者也如中營千總林文煌右營千總趙奇奉則隨許副將救援在陣戰亡而文煌又與其弟文甲俱亡者也如汀州鎮中營把總石琳則帶領班兵到臺遭亂赴敵而力戰陣亡者也如北路營參將羅萬倉則隣境寇來無城可據而血戰捐軀併其妾蔣氏守義自縊者也如臺鎮總兵官毆陽凱鎮標左營守備胡忠義中營千總蔣子龍把總林彥倉猝禦敵在陣戰亡而左營千總陳元則于赤山殺賊力戰身亡者也如南路營守備馬定國把總林富身在地方變起倉猝林富則在陣戰亡馬定國則戰敗自刎者也如鎮標左營

遊擊孫文元則奔至鹿耳門赴海而死者也如南路營叅將苗景龍則身在地方備禦無術倉皇戰敗奔匿萬丹港漁廬三日賊執而殺之者也以上一十六員或勇赴鬪而死於忠或寇臨境而死於義或事已壞而死於勢惟苗叅將稍滋口實餘皆捐軀報 國不爲苟且偷生能殉封疆無虧臣節職等研訊親屬證見人等其被害情形月日亦既歷歷有據并據各具供結前來並非影響傳會應請特疏 題旌分别贈䘏優卹襲廕以慰海外幽魂作忠貞義烈之氣使千秋將士咸知沙塲馬革爲人生莫大之寵榮有功世教不淺矣

覆臺變逃回澎湖押發軍前効力奉叅解任十六員

讞語代 藍鼎元

看得臺灣亂賊朱一貴等攻陷臺府鎮協戰死郊坰弁兵膏塗原野奉叅遊擊劉應龍張彥賢等以下一十六員有戰敗而逃者有未嘗戰而逃者有病不能戰而逃者有自外汛調回未及戰而逃者所以逃之故不同及其効力立功則一也戰敗而逃爲臺鎮右營遊擊劉應龍道標守備王國祥千總許自重臺協中營把總李碩碩之戰在南路赤山被傷奔府府陷不能再戰遂奔舟自重之戰在南教塲敗走海邊遇萬守備哨船救載國祥帶兵在臺鎮軍前往來督守被賊衝散投奔道船應龍之戰在岡山捕賊逗留不進及劉二濫縱番兵淫殺焚掠民不堪命附賊始衆

賊復號召豎旗□埭攻南路營應龍□敗被傷奔回臺府賊
隨之至府亦□陷遂奔內地直至石□州其未嘗戰而逃者
爲臺協水師中營遊擊張彥賢守備凌進左營守備萬奏
平右營遊擊王鼎守備楊進千總朱明皆身在船中並無
打仗見賊陷郡揚帆逃出水師中營千總劉清帶兵三十
名崑身伏路右營把總鄭耀自打鼓港調回協同劉清伏
路皆未赴敵見張彥賢等俱去相率隨之其病不能戰而
逃者爲水師左營把總陳福右營把總尹成二人皆血疾
在先給假醫治及賊陷府不能打仗家丁方清吳麟進仔
等扶去舟中跟艅逃入澎湖其自外汛調回未及戰者爲
水師中營把總牛龍左營把總陳奇通奇通從笨港汛奉

調帶兵船二隻于初三日到鹿耳門則賊已陷府踞安平
鎮力不能敵收歸澎湖兵船器械無失牛龍分防蚊港五
月初一日奉調離汛初二日至鹿耳門見府已陷不敢深
入將所領兵船一隻駕回澎湖此十六員逃澎之大槩也
至于隨師征臺効力立功則周應龍張彥賢王鼎楊進凌
進萬奏平王國祥朱明劉清鄭耀李碩陳奇通陳福尹成
等十四員共集親丁一百八人駕船二隻于六月十六日
隨大軍攻入鹿耳門安平鎮擒斬賊夥蔡迎陳吾陳平周
富曾平楊奎等六名十七十九兩日俱在鯤身打仗二十
二日同入臺灣府治二十八日復隨軍往大穆降殺賊牛
箚從守備魏大猷許自重從參將王萬化俱于十六日同

入鹿耳門復安平鎮龍持火鑵燒賊船自重擒賊鄭氣十七十九等日俱在鯤身打仗二七夜復隨大軍出西港仔登岸在蘇厝甲竿寮地方大敗賊衆二十三日同入府治此十六員効力立功之大較也按其功則十四員同舟同隊同行同止未嘗有功多功少之異牛許二員亦如一轍焉按其罪則周應龍爲重雖有逐隊入臺之功未贖玩愒殃民喪師棄地潛逃之惡而張彥賢王鼎萬奏平凌進楊進朱明次之六員皆水師將弁其恊主許副將力戰至死何以袖手旁觀不交一唓今乃能捨命赴敵共建勳猷何其怯于前而勇于後也則其功罪固不可掩也王國祥許自重戰而不勝劉清鄭耀帶兵僅三十八伏路鯤身而未

嘗見敵薄乎云爾李碩先戰傷就醫後乃扶傷偕遁陳福尹成抱病先經數月情似皆有可原至牛龍陳奇通遠汛調回在郡陷起日之後赴澎請救則又難以必死責之矣茲皆隨師戮力罔憚勤勞似可仰邀原宥補過論功如牛陳二弁或還其官餘人或待以不死是則
聖朝寬大之恩而亦憲臺再造生成之德非職等所敢擅議者也

覆臺變在事武職四十一員讞語 代 藍鼎元

臺灣遭朱一貴之亂全郡陷沒在事武職大小七十餘員或血戰捐軀或逃歸澎湖或顛沛賊中馳驅險難行徑不一除陣亡殉難十六員勘結請旌奉㕘逃回澎湖押發軍

前効力十六員另案審覆尚有坎陷在臺未分黑白如遊擊劉得紫等以下四十一員旣已奉憲行查不可不逐一確勘情形俾無遺漏者也鎭標中營遊擊劉得紫當賊寇披猖血戰用命及力竭被執抗節不移求埋前鎭屍首從容受刃賊亦義而不殺羈禁學宮朱子祠七日水漿不入口後聞諸賊皆椎埋盜狗烏合之衆乃稍聽士民兵僧哀懇進粥食延性命以待 王師被禁五十餘日堅貞不變洵可謂疾風之勁草板蕩之忠臣應特疏 題旌以勵千秋志節而況大兵入臺得紫多募丁壯隨師勦平北路大穆降之捷溝尾莊之勞其功亦有足紀者乎鎭標中營守備張成力戰被傷爲賊所執中夜仙經二次繩斷不得死賊亦

憐之聽兵丁林張保釋匿方賦家中五十餘日大師入臺則大穆降溝尾莊二處與有勞焉北路營千總陳巖把總鄭高則兵敗各帶重傷行遯復能糾合鄉勇數千人攻復諸羅于大兵未至之先斬僞國公賴元改頭赴羅叅將墳前祭奠可謂壯矣雖賊首翁飛虎江國論大舉環攻以火器少不能敵仍舊退保山窩然及王師北指皆率義旅遠迎後又招撫賊目曾豎李德則二弁之未嘗受汙而能効力可徵也北路營左哨千總龔提則自八里坌奉調回營中途遇賊四起遯入北投社鼓舞番黎招集難民爲兵據守殺賊後又協保半線迎師大肚有押運軍需奔走接濟之勞北路營把總吳德光則兵寡戰敗赴淡水營請援遺

引兵據守南崁復同援淡水師至半線駐防鎮標右營千
總馬雲驥則戰敗棄馬夜行晝伏至十八重溪與許興吳
林朋等糾募鄉勇八百人豎　大清旗號據險守隘以待
援師復隨大軍在大穆降戰勝則三弁之不受汙而能效
力可徵也海壇鎮標左營把總李信則帶領班兵到臺經
于四月二十二日換回登舟値賊竊發前鎮標留軍前奮
身血戰遍體重傷雜在死屍之內其妹夫王宋尋覓救活
大兵入臺三閱月醫治方愈該弁無汛守地方之責有目
死血刄之戰其不肯從賊又不問可知也海壇鎮標右營
把總陳宋亦帶領班兵到臺戰敗被傷望門投匿欲薙髮
爲僧因狀貌魁偉多髭髯寺僧不納避難數家皆有實據

鎮標右營把總吳盖先從遊擊周應龍在南路赤山戰傷
弁府府陷爲賊所擒逼使服官不肯受幸與中營劉遊擊
同在一處得不辱後隨師往大穆降殺賊得勝南路營把
總張文學身在遐方三戰三北爲賊所擒亦與中營劉遊
擊同在禁中六日不屈踰墻夜遁往獅子巖爲僧大師入
臺集義民四百餘人復在軍前効力招回舊兵四百人巡
防搜捕鎮標中營把總周應遂在南路赤山戰傷被擒擊
縲牛車于春牛埔陣上遇陳宋救回及府陷往黃蘗寺爲
僧在寺中密製　大清旗與千總康朝功把總李先春韓
勝等謀爲內應事洩奔逃後隨師大穆降擊賊及北路安
撫客莊皆在軍前効力鎮標左營把總李先春戰傷被擒

不降獸醫魏本忠保之得釋與黃蘗寺謀內應不果後隨軍大穆降殺賊北路中路皆有奔走之勞臺協水師右營把總韓勝戰敗負傷逃匿潛與黃蘗寺謀內應不果大師復臺率親丁張紹奔赴紹爲賊追殺勝亦被傷入海中路北路皆隨師奔走効力淡水營俸滿千總何大武先于二月內離營給咨文赴廈因病稽遲及府陷削髮爲僧與黃蘗寺謀內應不果及投大師亦有奔馳押運之勞北路營把總王有才帶兵守隘爲賊所執縛去水窟頭黃趙賴承店中有私釋其縛者縱使遯匿大排竹民家鎮標中營把總王道隆左營把總陳雲南路營把總陳有祥皆戰傷避匿民舍及大師至道隆招賊蔡鎮一名與陳雲同在大穆

降殺賊有祥奔馳南北路獲賊吳亞一名鎮標右營把總李貞先于三月內嘔血給假醫治及賊陷府伏枕奄奄至今尚病危不起則諸弁之無從賊亦可知也金門鎮標右營千總康朝功帶領班兵到臺戰敗被傷雜死屍中以免及府陷爲賊所擒賂賊兄戴顯得釋入黃蘗寺爲僧與周應遂等謀內應事洩逃匿破柩六日僧寄淵密送飲食得不死或有言其在戴穆轅門受職殊無實據而黃蘗內應之謀則其事甚眞如已從賊受職何必爲僧且潛身破柩與死爲隣終隨大師在大穆降殺賊得勝則該弁亦確未受汙而有馳驅効力之據者也鎮標左營把總許陞右營把總黃陞賊至先遁並未接戰及大師平臺大穆降之役

亦皆與焉鎮標右營千總李由戰敗逃散至六月二十八日出投大師或有言其從賊服役而李由供以爲無且云有洸堯巫三元可證則踪跡未可定也道標把總陳喜或有言其在林曹處辦事而該弁則供爲林曹所獲僧寂與保之得免則踪跡未可定也南路營千總阮欽據供有戰傷亦未從賊且有擒獲賊首顏子京之功但人言籍籍多不謂然而該營舊百隊姜發蔡昇王國文李春等供稱四月二十七日南路失陷千總阮欽並無上陣不知去向至顏子京係衆目兵所獲而千總在府有無從賊百隊不曉得則阮欽踪跡未可定也把總李興盛爲賊首郭國禎所擒據姜發蔡昇王國文李春等供稱四月二十九日李興

盛已從郭國禎六月二十三日同百隊將擒斬鄭廷瑞首級解赴軍前而該弁自供並未從賊有陳石林堯等保結則踪跡亦未可定也北路營把總葉旺則兵敗潛匿民家聞陳崴鄭高募兵克復諸羅始出共事旋又逸去後招出賊目陳奏凱一名但羅茶將家人現在首告其從賊則踪跡亦未可定也臺協水師左營把總余勳據供分防鹿仔港於五月初三日奉檄調帶兵五十名配船三隻初五夜二更入鹿耳門到安平鎮始知府陷令各兵密埋軍器紅毛城側散匿民家此說殊不可信賊既陷府五日口岸戒嚴豈容一舟夜入鹿耳復抵安平且既知賊據無故意登岸埋藏軍器之理安平地方淺窄雞犬難藏安得五十名

奸宄未盡革心網密則傷網疎則犯治安之政宜嚴而不
宜寛將安將治之民宜靜而不宜動伏讀憲諭羅漢門黄
殿莊朱一貴起事之所應將房屋盡行燒毀人民盡行驅
逐不許往來耕種阿猴林山徑四達大木叢茂寛長三四
十里抽籐鋸板燒炭砍柴耕種之人甚多亦應盡數撤回
蓬厰盡行燒毀檳榔林爲杜君英起事之處瑯嶠爲極邊
藏奸之所房屋人民皆當燒毀驅逐不許再種田園砍柴
來往以上四條防患拔根至周至決職等再四思維一人
謀逆九族皆誅亂賊所居之地雖墟其里可也惟是起賊
非止數處數處人民不下數百家則亦微有可慮者人情
安土重遷既有田疇廬舍室家婦子環聚耕鑿一旦驅逐

搬移不能遍給以資生之藉則無屋可住無田可耕失業
流離必爲盜賊一可慮也其地既廣且饒宜田宜宅可以
容民畜衆而置之空虚無人鎮壓則是棄爲賊巢使奸宄
便于出沒二可慮也前此臺地何人非賊國公將軍而外
僞鎮不止千餘今誅之不可勝誅俱仍安居樂業而獨于
附近賊里之人田宅盡傾驅村衆而流離之憐賊之罪重
于作賊三可慮也臺寇雖起山間在郡十居其九若欲因
賊棄地則府治先不可言況瑯嶠並未起賊雖處極邊廣
饒十倍于羅漢門現在耕鑿數百人番黎相安已成樂土
今無故欲蕩其居盡絶人跡往來則官兵斷不肯履險涉
遠而巡八百餘里無人之地脱有匪類聚衆出沒更無他

人可以報信四可慮也鋸㭬抽籐貧民衣食所係兼以採取木料脩理戰船爲軍務所必需而砍柴燒炭尤人生日用所不可少暫時靖山則可若欲永遠禁絕則流離失業之衆又將不下千百家勢必違㑹船工而全臺且有不火食之患五可慮也疆土既開有日闢無日蹙臺地宋元以前並無人知至明中葉太監王三保舟下西洋遭風始至此未幾而海寇林道乾據之顔思齊鄭芝龍與倭據之荷蘭據之鄭成功又據之　國家初設郡縣管轄不過百餘里距今未四十年而開墾流移之衆延袤二千餘里糖穀之利甲天下過此再四五十年連內山山後野番不到之境皆將爲良田美宅萬萬不可遏抑今乃欲令現成村社

廢爲邱墟設爲厲禁斷斷不能六可慮也曩者諸羅令周鍾瑄有清華流民以大甲溪爲界之請鳳山令宋永清有議棄瑯嶠之詳今北至淡水雞籠南至沙馬磯頭皆欣然樂郊爭趨若騖雖欲限之惡得而限之職等愚見以爲人無良匪教化則馴地無美惡經理則善莫如添兵設防廣聽開墾地利盡人力齊雞鳴狗吠相聞雖有盜賊將無逋逃之藪何必因噎廢食乃爲全身遠害哉今竊議於羅漢內門中埔莊設汛防兵三百名以千總一員駐劄其地瑯嶠亦設千總一員兵三百名控扼極邊一帶三六九期操演之外准其自備牛種就地屯田以爲餘資雖險遠而弁兵便焉檳榔林在平原曠土之中杜君英出沒莊屋久被

焚毀附近村社人烟稠密星羅碁布離下淡水營內埔莊
汛防不遠無庸更議至各處鄉民欲入深山採取樹木或
令家甲鄰右互結給與腰牌毋許胥役需索牌費一分一
釐聽從其便伏讀憲檄添防之制宜速議定以便 題覆
夫今所宜更議者惟羅漢門瑯嶠而已矣外此則移八里
坌汛千總駐劄後壠為半線淡水適中之地及添設文員
諸事尚未舉行其餘俱經遵照憲檄於南路添設下淡水
營守備帶兵五百駐劄新園設岡山守備帶兵五百駐劄
濁水溪埔扼羅漢門諸山出沒竇徑北路添設半線守備
一名帶兵五百居諸羅淡水之中上下控扼聯絡聲援以
諸羅山守備駐劄笨港增兵二百名添設下加冬守備一

營兵五百郡治添設城守遊擊一營兵八百與鎮標三營
相埒再加羅漢門瑯嶠各添設汛防兵三百則全臺共計
增兵三千六百名較憲檄前指之數止多一百但此三千
六百之兵必須請 旨額外添設就內地各標營分額招
募按班來臺如往例三年一換然後內地不至空虛無顧
子失毋之病諸羅地方遼闊鞭長不及應劃虎尾溪以上
另設一縣駐劄半線管轄六七百里鹿子港雞口岸扼要
離半線僅十五里不用再設巡檢將巡檢移在淡水八里
坌兼顧雞籠山後笨港設巡檢一員駐劄笨港佳里興巡
檢仍還佳里興駐劄帶管目加溜灣移典史歸諸羅縣治
南路鳳山營縣雖僻處海邊不如下埤頭孔道衝要然控

扼海口打鼓眉螺諸港乃匪類出沒要區當仍其舊不可移易添設鳳山縣丞一員駐劄搭樓稽察阿猴林篤佳等處彈壓東南一帶山莊下淡水巡檢一員不許留郡仍令駐劄下淡水稽察淡水以南各莊及諸海口臺屬諸各縣各練鄉壯五百名在外縣丞巡檢各練鄉壯三百名無事則散之隴畝有役則脩我戈矛鄉自為守人自為兵此萬全之道也伏讀憲檄營伍操練宜勤虛冒舊弊宜除塘汛分防宜變通三者皆極切當時弊有兵不練與無兵同兵不能識將意將不能識兵情是為烏合器不與手相習手不與心相應是謂生疎職每誠諭臺屬標營定以三六九日按期操演三令五申如臨大敵又為之捐造帳房鎗炮

火藥以足其用其分防外汛之兵大汛每駐一二百人亦令如期操演查足器械塘兵專遞公文多人無益每塘止定三名小汛之兵不上數十人分作兩班赴就近大汛操演不許懶惰有操期不至者大汛記名逐月造冊報查又不許無故擅離汛防凡有逃亡事故立即報移內地調補不許在臺招募一人以滋弊竇違者參革員弁務使地皆實兵兵皆可用前此虛冒名糧之弊盡數廓清獨將弁書識一項未能遵諭革絕蓋緣武人不學者多鮮有親操翰墨而兵馬錢糧文移冊籍非可全憑口說且自古軍中字識名將不廢若用其人而不給其糧情理亦未甚協不揣愚憒妄為酌議臺鎮中營遊擊及各營守備應各予書識

八名外營遊擊各六名千把總雖係微員亦不可全無一字應予書識各一名水師副將南北二路參將各予八名總兵書辦十六名使粗足備具文書不至如從前冒濫將伙糧盡行禁革可謂節嗇至矣未審憲臺以爲有當否臺地少馬無以壯軍容而資衝突今擬鎮標三營城守一營各設馬兵六十名南路北路二營各設馬兵八十名共該馬四百匹即在添設三千六百兵額之內請
旨配撥先自內地帶馬來臺以後換人不換馬或有倒斃方就臺地孳生買補時或孳生不足亦向內地採買以來則無苦累民番之處伏讀憲檄除奸務盡附和倡亂之徒非脅從可比應將黨惡創懲點其左面同家屬押逐原籍

拘管稽查復承列單開出名數深得火烈民畏鮮死之義臺網久漏吞舟民不知國法爲何物突逸而思爲亂階甫平而又圖復起所以九月間舊社鹽水港六加甸等處奸民職等不敢不便宜行事梟斬四五人杖斃六七人以定民心而固疆圉今尚未及三閱月復有石壁寮羅漢門一二亡命布散流言欲燃死灰聚黨二十八人遂豎旗爲孽職等分遣搜捕立獲爲首莿瓜成蘇清高三楊美王教五人現今整衆搜山八面焚烈務必盡絕根柢不留種類除莿瓜成一名係朱一貴僞國公應解憲轅聽候題達正法其餘蘇清楊美及續獲諸賊職等又將於軍前權行專擅竿首藁街使莠民喪膽東土永寧其潛逼奸匪附和接

濟之人照憲檄處分押回原籍稽惟是縣面雖差畢竟一藥即去似不如誠耳之不可復續稍較便稽查其五月間舊賊已散爲民者非奉憲行及他有所犯槩不問及所以開更新之路使安靜而不自危也伏讀憲檄要口設備議建鹿耳門砲城水陸分守竊謂鹿耳砲城止用脩築不必從新建造蓋其港暗礁淺沙灘茫紆險非有顯然門戶可以遵道而行故須設立盪纓標記共引迷途毫釐偶差立見虀粉雖不建砲城固亦未易入也前此癸亥平臺海潮驟漲巨艦連艅而入今夏大師進剿潮水亦高數尺皆賴
朝廷洪福海若效靈遊魂喪魄夫豈砲城之故哉且臺賊多自內生鮮由外至倘賊來自外則郡治兵將雲屯未易

侵擾若賊起自內雖隆砲之城至于天非徒無益反爲漳泉內地之害職等所見不廣以爲因仍補葺厥功已多此刻物力困憊俟他日另議可耳郡治栽竹爲城價廉工省職等謹遵憲檄會同勘度地勢環萬壽亭春牛埔將文武衙署兵民房屋沿海行鋪俱包在內種竹圍一周護以刺棘竹外留夾道寬三四丈削刺桐插地編爲藩籬逢春發生立見蒼茂刺桐外開鑿濠塹但臺地粉沙無實土淺則登時壅淤深則遇雨崩陷多費無益止可畧存其意開濠廣深六七尺種山蘇木濠內枝堅刺密又當一層障蔽沿海竹桐不周之處築灰墻出地五尺高可蔽肩爲雉堞便施鎗砲開東西南北四門建城樓四座設橋以通來往量

築窩鋪十二以當砲臺如物力不敷城樓未建植木柵爲門兩重亦可暫徹內外茲會委臺灣署令孫某量明丈數擇日興工每十丈令設竹簽一桿栽于地中高五尺廣三寸編千字文爲號即于某字號下寫管工某人姓名照天地青黃次序不許錯雜統計全城共幾號管工幾人先造一冊呈送以便稽查每丈需竹幾株桐幾柯濠幾工每種竹一株需錢幾文插桐十柯需錢幾文開濠一丈需錢幾文舉一丈而全城價值瞭然胸中不可欺誑工有勤惰按號查核竹有榮枯按號栽補可無彼此推卸含混侵漁三年之後叢生茂密雖未及石城堅好然亦已牢不可破矣郡縣既有城池兵防既已周密哀鴻安集匪類革心而後

可施富教而臺灣之患又不在富而在教興學校重師儒自郡邑以至鄉村多設義學延有品行者爲師令朔望宣講上諭十六條多方開導家喻戶曉以孝弟忠信禮義廉恥八字轉移士習民風斯又今日之急務也若夫征臺將弁雖効微勞俱是臣子分內當爲之事臺地員缺無幾安能人人升擢況棠憲恩格外獎勸雖有躁進之心未應不肯至此此何足煩憲臺諄諄遠念哉

論臺鎮不可移澎書代　藍鼎元

臘月望三日連接憲翰五函及馬守備安遊擊口述鈞諭令其暫駐臺灣不可遽爾班師竊惟此時臺中大定署鎮黃總兵足資彈壓以其越俎久淹自顧亦覺無謂況當甲

已議臺鎮移澎更設副將是一總兵處此尚嫌其多而某又為蛇足獨留不去竟似貪戀雞肋殊堪羞慚裁營減兵之說臺人聞知頗有囂囂竊笑者某告以廷議未定必待督撫提臣遵依具奏方可施行茲奉憲檄減兵及裁回將弁名數某尚秘不宜露望早晚或有變更若果臺鎮移澎則海疆危若累卵部臣不識海外地理情形憑臆妄斷視澎湖太重意以前此癸亥平臺止在澎湖戰勝便爾歸降今茲澎湖未失故臺郡七日可復是以澎湖一區為可控制全臺乃有此議不知臺之視澎猶太倉外一粒耳澎湖不過水面一撮沙堆山不能長樹木地不能生米粟人民不足資捍禦形勝不足為依據一草一木皆需臺廈若一二月舟楫不通則不待戰自斃矣臺灣沃野千里山海形勢皆非尋常其地亞于福建一省論理尚當增兵易總兵而設提督五營方足彈壓乃兵不增而反減又欲調離其帥于二三百里之海中而以副將處之平臺灣總兵一缺易以副將則水陸相去咫尺兩副將豈能相下南北一路參將止去副將一階豈能俯聽調遣各人自大不相統屬萬一有事呼應不靈貽悞封疆誰任其咎以郭子儀九節度之師而不立元帥統攝尚且師徒潰散況今日邪澎湖至臺雖僅二百餘里順風揚帆一日可到若天時不清颱颶連綿浹旬累月莫能飛渡臺中百凡機宜鞭長不及以澎湖總兵控制臺灣猶執牛尾一毛欲制全牛雖有孟賁烏

獲之力總無所用何異欲棄臺灣乎臺灣一去漳泉先為糜爛而閩浙江廣四省俱各寢食不寧山左遼陽皆有邊患某庸愚無識以為此土萬萬不可委去若遵部議而行必誤封疆某杞人妄憂中心如焚非特為桑梓身家之慮

望恕其狂瞽且賜明示解惑焉

請行保甲責成鄉長書代　　藍鼎元

臺疆遼闊已極臺民不馴特甚皆內地作奸犯科逋逃萃止豺心鼠性隨處欲張邇者北路地方竊刼頻聞涓涓之勢漸不可長若防汛照管不周真有顧此遺彼之患兼班兵自遠新來且匪情形路徑要害皆生疎弗能熟識延建汀邵福興福寧兵丁音語不同不能細偵密訪如柄鑿方

員之不相入即有二千協防尚不足供措置況又有掣回之憂茫茫千里星星塘汛勿論移鎮澎湖必致覆餗即駐臺亦難高枕而臥也某夙夜兢兢惟恐有辜

朝廷付託之重負知己培植之恩實切悚惶所望一二賢能文職振奮精神以實心行保甲之實政家家戶戶自為清華使盜賊無自而生聯絡聲援守望相助如常山之蛇擊首則尾應擊尾則首應使盜賊無托足之地雖不設立官兵亦何不可但今保甲之法久已視為具文虛應故事莫肯實心料理而署事各官又皆有五日京兆推諉後人之意真未如之何也團練鄉兵亦是靖盜一法盡臺以其亂後強悍成性欲仁漸義摩納之禮讓之中誠為移風易

俗要道但令盜賊衆多不可不先爲剔刮鄙人愚見以爲作賊可以欺官不可以欺民能避巡兵不能避鄉里莫若因其勢而防範之就各縣各鄉僉舉一幹練勤謹有身家顧惜廉恥之人使爲鄉長就其所轄數鄉家喻戶曉聯守望相助之心給之遊兵以供奔走使令之役如有一家被盜則前後左右各家齊出救援堵截各處要口務必協力擒獲另設大鄉總一二人統轄各鄉長督率稽查專其責成鄉長有生事擾民縱容奸匪緝捕不力救護不齊等弊大鄉總稽察報查如有失察一體同罪是雖無鄉兵之名而衆志成城不啻有鄉兵之實今擬臺灣中路設鄉長六名南路鳳山設鄉長十二名立大鄉總二名分轄之每鄉

長一名准給養遊兵四名大鄉總一名給外委千把總銜牌以榮其身准養遊兵十名其遊兵名糧每月銀一兩米三斗就官莊內撥出支給以爲贍養之資計三縣遊兵一百四十名每月支銀一百四十兩米四十三石二斗三縣鄉長共二十六名大鄉總四名應給養廉多少憲臺酌量定奪伊等工食既皆仰給于官則與官兵一例文武均行約束調遣無敢不從凡地方有竊刼盜賊就各鄉長跟要限期緝獲真盜解官究處初限不獲拘遊兵比責再限不獲鄉長罰月糧工食戴罪圖功三限不獲拘鄉長正身重懲大鄉總記大過一次凡盜賊不能緝獲至三次者鄉長責革大鄉總追銷外委職牌以示懲勸雖月糧似覺傷重

前用命之人有何不合條例之處且征兵係其總統二千協防之兵又復付其鈐轄有犯軍紀則操三尺以繩其後今以送考弁目細故尚薄其文書為不足憑則其既不得預爵人賞人之權有何面目徵以刑人殺人彈壓地方是軍前事事俱必受權于內地自今以後凡有干犯軍紀應移內地懲究某不得過而問矣某卑儒雅名帥素曉將兵未必膠固至此大抵胥吏不遂覬欲所為某一人薄面無足重輕但呼應不靈有誤地方大事不得不縷述于執事之前惟望稍為主持以鼓舞而作興之使軍士有所觀感奮勵立功則高厚深仁邊陲共戴不獨身受者銘勒心腑也今西藏用兵軍前授補守目果有遙聽內地原營作主務必駕餉數千里來撥文書則某其何說之辭

與某參戎書　　藍鼎元

適者北路地方竊劫之盜盛行足下亦曾知之乎大坵田朱曉莊方遭其毒今笨港社尾又見告矣僕遠隔百餘里其夜疎失某家亦已訪知甚悉褊衷急性不能袖手旁觀足下身在地方乃故作寬容大度若為不見不聞也者諒匪類俱必深感厚恩怨鄙人之苛刻也開春未及匝月行劫已十數處大盜未聞獲一不知防是汛者所司何事居汛防之上者所司更何事也足下試一振刷使貴屬備弁以開場放賭之智為搜緝奸匪之謀地方何患不寧謐乎僕暫留彈壓班師有期五日京兆越俎徒喧諸君亦以其

爲過客也而言者啓焦聽者耳聵不思熒熒之火或致炎崑涓涓細流將蓄巨浸況玆叛亂甫平野心未泯尤當防微杜漸遏蘖初萌旣可聚黨數十人操械行刼晏然莫敢過問則由此擴而充之夫亦何事不可爲恐我行之後諸君將悔而噬臍無及耳愜復此邦談何容易若復掩耳閉目坐觀其敝諒有人心者斷不出此敢祈足下畧飭備弁將十數處行刼之賊稍緝一二以塞我願地方之福諸君躬坐而享之于僕無所預焉不然僕亦無如諸君何惟有備敘涇次詳悉咨呈制軍應否用威自當聽其裁酌而已恃在至愛特此相聞顒望回音曷勝翹切

再與總督滿公書　禮部尚書蔡世遠漳浦人

聞大兵由澎湖齊發載

聖天子之威靈稟制閫之節度長驅入鹿耳門遂據安平鎭乘勝由七鯤身轉戰皆捷北路兵由西港登岸進克臺灣府賊窮蹙潰散臺地悉定閩人抵掌相慶世遠前書所謂賊不足慮者今果然矣又聞閣下先期諭飭將士凡村莊城郭有掛　大清旗號者卽爲順民諸色人等但有寫

大清二字帖縫衣帽者卽免誅戮此自離其黨之要計也且所全活無慮數萬人世遠前書所謂曹武惠復見者又不爽矣是役也不忠臺寇之未平而患山寇之竊發自閣下鎭廈門以來威靈所播事事咸服人心故能內安外寧迅速至此何也承平日久大兵所至動多需擾民未皆

賊而先苦兵閣下調發三省會討臺灣在道人不知兵既至市不改肆此其大服人心者也兵衆既多米柴菜蔬之用動以萬計若科及民問好亂之民藉以為名閣下調發有方州縣奉行惟謹此又其大服民心者也又聞諸路兵之下船也天氣炎蒸人人撫摩而噢咻之纖物必周既至澎湖又令貿易者多載菜蔬魚肉供其買用兵機神密七日而果大捷今沿海郡縣不論黃童白叟皆曰此番非總督不能成此功總督非急至厦門不能成此功未事而券之有由然矣世遠更有陳者夫平臺匪易而安臺實難臺灣五方雜處驕兵悍民靡室靡家日相鬨聚風俗偷靡官斯土者不免有傳舍之意隔膜之視所以致亂之由閣下

其亦聞之熟矣今茲一大更革文武之官必須慎選潔介嚴能者保之如赤子理之如家事興教化以美風俗和兵民以固地方內地遺親之民不許有司擅給過臺執照恐長其助亂之心新墾散耕之地不必按籍編糧恐擾其樂生之計三縣縣治不萃一處則教養更周南北寬闊酌添將領則控馭愈密為
聖天子固海外之苞桑為我閩造無疆之厚福惟此時可行亦惟閣下能行之安集之後常懷念亂之心是區區之葵恤也不宣

重修臺灣府志卷二十一終